tredition®

AF196430

ROMAN

OMA GISELA GEHT INS INTERNET

www.tredition.de

Impressum

© 2021 Martina Peukert

1. Auflage

Umschlag:
Juliane Schneeweiss

Verlag & Druck:
tredition GmbH
Halenreie 40-44
22359 Hamburg

ISBN:
978-3-347-42317-6 (Paperback)

Inhaltsverzeichnis

Obwohl von wahren Begebenheiten inspiriert, sind alle Personen und Ereignisse in diesem Buch erfunden und Ähnlichkeit mit lebenden oder real existierenden Personen sind rein zufällig.

1. Online oder offline, das ist hier die Frage

»Oma? Oma! Bist du da?« Kiki zerrte mit der rechten Hand ihren schweren Koffer über die Türschwelle, während sie mit der linken Hand die elegante Jugendstilvase balancierte, die sie von ihrem Vater zum Studienabschluss geschenkt bekommen hatte. Der Geruch von Giselas Gugelhupf lag in der Luft und Kikis Magen zog sich schmerzhaft zusammen.

Erst jetzt fiel ihr auf, dass sie seit dem Morgen nichts mehr gegessen hatte und inzwischen war es bereits Mittag.

»Oma! Wo steckst du denn?« Kiki platzierte die Vase auf dem Tischchen im Flur, auf dem sich bis vor kurzem noch ein altertümlich anmutendes Telefon mit Wählscheibe befunden hatte. Anschließend schob sie ihren Koffer hinter die Tür, wo er hoffentlich niemanden stören würde.

Sie strich sich eine blonde Haarsträhne aus dem Gesicht, die sich aus dem losen Zopf an ihrem Hinterkopf gelöst hatte und streifte die dunkle Anzugjacke von den Schultern, die sie über ihrer Bluse trug.

Ein Blick in den Spiegel verriet ihr, dass man ihr die Strapazen der letzten Tage keineswegs ansah. Ihr Teint war rosig, die blauen Augen klar, nur die Schatten darunter waren ein Hinweis auf die schwere Zeit, die hinter ihr lag.

»Eine Trennung steckt man eben nicht einfach weg«, murmelte sie, dann nickte sie ihrem Spiegelbild aufmunternd zu und straffte ihre Schultern. Obwohl sie Gewicht verloren hatte, wölbte sich ihr Busen noch immer ansehnlich unter ihrer Bluse und ihre Hüften wiesen nach wie vor die sanften Rundungen auf, auf die sie so stolz war.

Für eine Frau Ende 30 war sie eindeutig noch gut in Schuss, wie man so sagte.

Kiki zwinkerte sich selbst aufmunternd zu, obwohl ihr innerlich noch immer nach Weinen zu Mute war, dann ging sie die gewundene Treppe nach oben, wo sich das Schlafzimmer ihrer Oma Gisela befand.

»Hast du dich hingelegt?« Noch immer bekam sie keine Antwort, dabei hatte sie ihre Großmutter extra angerufen, bevor sie losgefahren war.

Oma Gisela hörte bereits seit langer Zeit nicht mehr gut, aber ihr war es zu lästig, die 3.500 Euro teuren Hörgeräte ständig zu tragen. Einerseits war es ihr anderen Personen gegenüber peinlich, dass sie nun schon zum »alten Eisen« gehörte, andererseits vergaß sie oft, die Batterien auszuladen, zum Leidwesen ihrer Mitmenschen. Kiki ging den langen Flur entlang Richtung Schlafzimmer, schaute vorsichtshalber nochmal in den Backofen und entdeckte dort den Gugelhupf gerade noch rechtzeitig.

Im 1. Stock angekommen stolperte sie beinahe über einen Wäschekorb mit sorgfältig gebügelter Bettwäsche und entdeckte Oma Gisela schließlich in dem Lieblingssessel unter dem Fenster neben ihrem Bett, einen blutigen Krimi auf den Knien und die Brille schief auf der Nase. Giselas Augen waren geschlossen und sie schnarchte leise.

Kiki grinste. Dann berührte sie Gisela sanft an der Schulter. Die alte Dame schreckte auf und sah ihre Enkeltochter einen Moment lang verwirrt an, bevor sie einen leisen Freudenschrei ausstieß und Kiki in die Arme schloss.

»Da bist du ja!«, rief sie. »Ich habe schon auf dich gewartet, mein Schätzchen und dabei muss ich wohl eingeschlafen sein.«

»Kein Problem, Oma, jetzt bin ich ja da.«

Schwerfällig erhob sich Gisela aus ihrem Sessel. Für ihre 82 Jahre war sie noch erstaunlich beweglich, doch wenn sie lange saß, dann konnte ihre Hüfte ein wenig steif werden.

»Möchtest du ein Stück Kuchen? Ich habe frische Schlagsahne aufgeschlagen«, sagte Gisela und rückte die Brille auf ihrer Nase zurecht.

»Nichts lieber als das!«, antwortete Kiki und überlegte, doch vielleicht nochmal nachzuschauen, ob die Sahne noch frisch war. Oma Giselas Haushälterin Katerina kaufte zwar regelmäßig frisch ein, aber wegwerfen durfte sie nichts, was schon oft zu einem unfreiwilligen Jägermeister nach dem Essen geführt hatte.

Oma Gisela ging in die Küche und brühte frischen Kaffee auf, mit einem Wasserkocher und einem Kaffeesieb, ganz wie in alten Zeiten. Der Kaffee war oft so stark, dass sie selber lieber ihren entkoffeinierten löslichen Kaffee trank und ihren Gästen den frischen Kaffee servierte.

Wenige Minuten später saß sie an Oma Giselas Küchentisch mit den hellgelben Zitronen auf dem Wachstischtuch und ließ sich den köstlichen Gugelhupf schmecken, während Oma Gisela Zucker in ihren Kaffee löffelte. Oma Gisela hatte den Tisch wieder einmal liebevoll mit dem Hochzeitsservice und Seidenservietten gedeckt und legte sehr viel wert auf Etikette. Dieses Mal klebten noch ein paar Kuchenreste am goldenen Löffel, da Oma immer darauf bestand, diese persönlich mit der Hand zu spülen. Unbemerkt kratze Kiki die Reste vom Löffel und hob eine Augenbraue.

»Sollst du nicht auf deinen Zucker achten?«, fragte sie.

Gisela machte eine wegwerfende Handbewegung.

»Ach, das. Ich hatte nur einen schlechten Tag und da haben sie die falschen Werte gemessen«, erklärte sie und rührte ihren Kaffee um.

»Ich glaube nicht, dass das so funktioniert, Oma«, erwiderte Kiki, doch Oma Gisela warf ihr nur einen strengen Blick zu und Kiki beschloss, das Thema lieber zu vertagen.

»Ich freue mich ja so, dass du hier bist, Kind«, sagte Gisela und legte ihre Hand auf Kikis. »Weißt du, seit dein Opa tot ist, kann es hier in dem Haus ganz schön einsam werden.«

»Was ist denn mit deinen Freundinnen, Helga und Inge? Ich dachte, ihr trefft euch regelmäßig zum Bridge?«

»Ja, ja, das stimmt auch. Montags gehen wir gemeinsam schwimmen, dienstags besuche ich immer das Grab von Opa, mittwochs spielen wir Bridge und freitags trinken wir Kaffee in der Stadt«, erklärte Gisela.

Kiki lächelte. »Und donnerstags?«

»Na, dann bin ich beim Frisör«, sagte Gisela und tastete über ihre leicht violette Dauerwelle. Die beiden Frauen lachten.

»Im Ernst, Kiki. Ich habe mir immer gewünscht, dich wieder mehr zu sehen. Du warst ja kaum noch hier, seit du mit diesem Harald...«

»Holger, Oma, er heißt Holger«, unterbrach Kiki sie.

»Wie auch immer, seit du mit diesem Kerl zusammen warst, hast du dich ja kaum noch blicken lassen.«

»Ich habe viel gearbeitet«, antwortete Kiki. »Wie du weißt, bin ich Unternehmerin.«

»Ach ja, dieses Internet-Zeugs. Kann man damit wirklich Geld verdienen?«

»Eine Menge sogar, wenn man etwas davon versteht.«

Oma Gisela machte ein zweifelndes Gesicht.

»Und was machst du da genau?«, wollte sie wissen.

»Ich zeige Menschen, wie sie das Internet richtig benutzen und helfe ihnen bei Computersachen«, antwortete Kiki und tupfte sich mit einer Serviette die Kuchenkrümel ab, bevor sie nach ihrer Kaffeetasse griff. Oma Giselas Kaffee war heute genau richtig für sie: heiß, schwarz und stark.

»Ich habe deinen Kaffee vermisst«, gestand Kiki. »Apropos Internet: Hast du einen W-Lan Anschluss?«

»Einen was?«

»Na, einen Internetzugang. Weißt du wirklich nicht, was das ist?«

Oma Gisela rümpfte die Nase. »Ich habe 82 Jahre ohne dieses Internet gelebt und habe nicht vor, daran etwas zu ändern, bevor ich ins Gras beiße. Zuletzt zeigten sie im Fernsehen, dass man sich da jede Menge Krankheiten einfangen kann mit so einem Anschluss.«

Kiki brach in schallendes Gelächter aus.

»Aber, Oma. Das sind doch Computerviren – die sind für Menschen nicht gefährlich.«

Gisela zuckte gleichmütig mit den Schultern.

»Ist mir einerlei, mit so einem Schmutz will ich nichts zu tun haben. Stell dir vor, der Paul, der Sohn von Inge, hat zuletzt im Internet etwas mit seiner Kreditkarte gebucht, eine Reise war es, und dann wurden auf einmal 5000 Euro von seinem Konto abgehoben. Das passiert, wenn man in das Internet geht.«

»Aber nein! Das passiert, wenn man nicht weiß, wie man das Internet richtig nutzt.«

Kiki stand auf und ging zum Telefon im Flur. Sie beugte sich nach unten und stellte fest, dass Oma Gisela tatsächlich noch einen analogen Telefonanschluss besaß.

»Ich wusste gar nicht, dass es die noch gibt«, sagte sie. »Aber wenn ich hier wohne, dann brauchen wir dringend einen Internetanschluss. Keine Sorge, ich kümmere mich um alles, du musst nichts machen. Wenn wir Glück haben, kann der Techniker noch diese Woche kommen. Ich muss mal prüfen, welche Geschwindigkeit hier in deiner Straße verfügbar ist...«

Kiki zog ihr Handy hervor und tippte einige Wörter in das Suchfenster ihres Browsers. Sie wählte eine Nummer und ging nach draußen, um zu telefonieren. Oma Gisela blickte ihrer Enkeltochter missmutig hinterher. Sie fand diese ganze Sache mit dem Internet mehr als gefährlich und wollte damit am liebsten nichts zu tun haben, doch sie freute sich so sehr darüber, dass Kiki – zumindest vorübergehend - bei ihr einzog, dass sie ihre Angst verdrängte.

»Wir haben Glück«, sagte Kiki, als sie wieder hereinkam.

»Der Techniker kommt schon morgen Vormittag und schaut sich die Sache an.«

Gisela zwang sich zu einem Lächeln. Immerhin wollte sie nicht den ersten Tag mit Kiki gleich mit einem Streit beginnen.

Nach dem Kuchen schleifte Kiki ihren schweren Koffer in das Obergeschoss. Oma Gisela hatte das Zimmer für sie geräumt, indem einst das Kinderzimmer ihrer Mutter, Giselas Tochter gewesen war. Die Blumentapete an den Wänden und die Vorhänge mit den fliederfarbenen Bändern erinnerten noch daran. Auch das Bett sah ein wenig altmodisch aus, doch Kiki roch schon beim Reinkommen den einzigartigen Lavendelgeruch der Bettwäsche, der sie sofort an ihre Kindheit und Ferien bei Oma erinnerte.

Sie ließ sich auf das Bett sinken und sah sich um. Ein fast schon antiker Waschtisch mit einem großen Spiegel stand vor ihr. Sie löste den Gummi in ihrem Haar und schüttelte den Kopf, bis ihre blonden Strähnen ihr wild auf den Schultern lagen.

»Da bist du also, Kerstin Liebert. Mit 38 wieder zurück bei deiner Oma. Keine eigene Wohnung, keinen Mann und ziemlich miese Aussichten, zumindest privat.«

Kiki seufzte. Vor knapp fünf Jahren hatte sie sich als IT-Beraterin selbstständig gemacht, gemeinsam mit ihrem damaligen Partner Holger. Sie hatten sogar ein schickes Büro in der Frankfurter Innenstadt bezogen und eine ganze Weile lang ging es ihnen richtig gut.

Die Auftragsbücher waren voll und sie mussten sogar Personal einstellen. Holger war ihre große Liebe gewesen – groß, charismatisch, mit diesem Feuer in den Augen. Sie hatten so viele Pläne gehabt – Hochzeit, Kinder, Urlaube. Nun stand Kiki vor einem Trümmerhaufen.

Zwar hatte ihr Holger vor knapp einem Jahr bei einem romantischen Dinner einen Heiratsantrag gemacht, doch ungefähr zur gleichen Zeit hatte er eine Affäre mit der neu eingestellten Sekretärin begonnen.

Als Kiki dahinterkam, beendete sie die Beziehung sofort und musste nun Bekanntschaft mit Holgers Schattenseiten machen. Er hatte die Schlüssel zur gemeinsamen Wohnung austauschen lassen und auch ihr Büro durfte sie nicht mehr betreten, bis die Anwälte die Sache geklärt hatten – und das konnte dauern. Doch Kiki hatte sich entschieden, sich nicht unterkriegen zu lassen.

Vorübergehend war sie erst in ein Hotel gezogen und hatte von dort aus einfach ihre eigene Firma gegründet und alle ihre Kunden waren ihr gefolgt. Das konnte zwar später wieder einiges an Ärger bedeuten, doch Kiki war das gleich. Holger hatte kein Recht, ihr den geschäftlichen Erfolg abzusprechen.

Auf Dauer war der Hotelaufenthalt allerdings keine Lösung gewesen und so hatte Kiki spontan entschlossen, zu ihrer Oma Gisela an den Stadtrand zu ziehen, wo diese immerhin ein ganzes Haus alleine bewohnte und im Alltag inzwischen Hilfe gebrauchen konnte. Es war eine Win-Win-Situation: Oma Gisela war nicht mehr so alleine und Kiki hatte endlich wieder das Gefühl, irgendwo zu Hause zu sein.

Kikis Handy vibrierte und sie zog es hervor, um auf das Display zu schauen. Eine E-Mail bestätigte den bevorstehenden Beratungstermin in einer Firma, die hochwertige Nahrungsergänzungsmittel vertrieb. Kiki seufzte. Ihr Privatleben mochte zwar in Trümmern liegen, doch beruflich lief es bestens.

Alle waren zwar irgendwie im Internet unterwegs, doch viele standen vor größeren und kleineren Problemen. Gerade die Sache mit der Digitalisierung machte vielen Unternehmern Angst und da kam Kiki gerade richtig, die die Mitarbeiter an die Hand nahm und ihnen zeigte, wie man die Digitalisierung richtig anging.

Kiki ließ sich nach hinten in die weiche Bettwäsche fallen und starrte auf die Holzpanelen an der Decke.

»Es ist nur eine Momentaufnahme, Kiki, nur eine Phase«, beruhigte sie sich selbst. Mit 38 auf einmal wieder Single zu sein, war als Frau gar nicht so einfach. Immerhin hatte auch sie den Traum von Kind und Familie, doch der musste jetzt noch ein bisschen warten.

»Hoffentlich nicht zu lange«, flüsterte Kiki und fast glaubte sie, ein Ticken zu hören, das aus ihrem Unterleib kam.

»Halt die Klappe!«, beschied sie ihrer biologischen Uhr, rappelte sich auf und begann, ihren Koffer auszuräumen.

»Wir sind online«, jubelte Kiki einige Tage später beim Frühstück, als ihr Laptop das ersehnte W-Lan-Zeichen anzeigte. Gisela warf ihr einen misstrauischen Blick zu.

»Und das heißt?«

»Dass wir ab jetzt mit High Speed im Internet surfen, Oma.« Kiki rief ihre E-Mails ab und tippte die Adresse ihrer Website in den Browser.

»Funktioniert alles«, freute sie sich. Gisela schien nicht sehr überzeugt davon, dass das ein Grund zur Freude war.

»Und was ist jetzt mit diesen Hackern und diesen Viren? Das kann ganz schön gefährlich werden«, sagte sie, während sie vorsichtig den Hals reckte, um zu sehen, was ihre Enkelin auf dem Bildschirm machte.

»Keine Sorge, Oma, wir sind safe hinter einer Firewall.«

»Einer was?« Dieses Wort hatte Gisela noch nie gehört.

»Uns kann nichts passieren. Schau mal, hier im Netz kannst du dir die Nachrichten anschauen und sogar Karten spielen und es gibt noch viel mehr Möglichkeiten. Wenn du dich erst einmal daran gewöhnt hast, wirst du dir gar nicht mehr vorstellen können, wie es ohne Internet gewesen ist.«

»Mmh«, brummte Gisela, äugte aber nach wie vor auf den Bildschirm. »Die Nachrichten gibt es auch im Fernsehen und zum Karten spielen brauche ich keinen Computer. Gerade gestern kam noch in dieser Gerichtssendung ein Fall, bei der eine ältere Dame von einem Internetbetrüger um ihr ganzes Hab- und Gut gebracht wurde. Ich schaue mir diese Sendung täglich an.«

Kiki lachte, stand auf und stellte ihre Tasse in die Spüle. »Oma, das sind doch alles frei erfundene Fälle im Fernsehen und wenn sie normal wären, dann würde doch keiner einschalten. Ich erkläre dir alles ganz genau, wenn ich zurück bin, jetzt muss ich erst einmal los zu meinem Termin.«

»Pass auf dich auf, Schätzchen«, rief Gisela ihr hinterher, doch Kiki war bereits aus der Tür. Mit laut klappernden Absätzen lief sie zu ihrem Wagen und brauste dann in Richtung Innenstadt davon.

»Mimi, bist du da?«, fragte Kiki ihre persönliche Sprachassistentin.

»Was kann ich für dich tun?«, fragte Mimi und Kikis Handy leuchtete blau.

»Bitte bestelle mir ein paar Funkkopfhörer, damit ich nicht von Oma Giselas lautem Fernseher geweckt werde.«

Mimi bestätigte den Auftrag und das blaue Leuchten verschwand.

Ihren Laptop hatte Kiki auf dem Küchentisch zurückgelassen. Gisela betrachtete das Ding eine Weile nachdenklich. Sie hatte schon viel vom Internet gehört. Die dollsten Sachen konnte man dort anstellen. Man konnte sich verlieben, einkaufen, mit anderen Nachrichten austauschen oder seine Nachbarn ausspionieren. Immer wieder las sie auch in der Zeitung, wie gefährlich das Internet sein konnte. Trotzdem war sie neugierig.

Langsam rutschte sie ihren Stuhl näher an den Laptop heran. Einige Lämpchen flackerten und die Anzeige auf dem Bildschirm zeigte die Website eines E-Mail Dienstleisters an.

Eine Anzeige leuchtete auf, auf der vier Bilder zu sehen waren. Auf einem war ein Kuchen, auf dem nächsten Nudeln, auf dem dritten Brot und auf dem vierten eine Kartoffel. ACHTUNG, stand in großen Lettern darüber. WENN SIE EINES DIESER LEBENSMITTEL ESSEN, SIND SIE KREBSGEFÄHRDET!

Oma Gisela rückte ihre Brille zurecht.

»Was?«, entfuhr es ihr. Sie aß Nudeln, Kartoffeln, Brot und natürlich Kuchen für ihr Leben gern, doch um Krebs hatte sie sich bislang keine Sorgen gemacht. Sie spürte, wie ihr Herz schneller schlug. Vor ihr lag das kleine, runde Ding, mit dem Kiki zuvor den Zeiger über den Bildschirm bewegt hatte. Es hieß »Hamster« oder so ähnlich.

Vorsichtig berührte Gisela das elektronische Haustier mit den Fingerspitzen. Nichts geschah! Dabei wollte sie doch zu gerne herausfinden, was es mit dieser Warnung auf sich hatte. Plötzlich verschwand die Anzeige und eine weitere tauchte auf, die Giselas liebsten Quiz-Moderator zeigte. EHE-AUS, behauptete der Schriftzug. AUCH SEINE KARRIERE STEHT AUF DEM SPIEL.

»Das ist ja schrecklich«, rief Gisela. Was man über dieses Internet alles erfahren konnte. Davon las man in den Zeitungen nichts und auch die Nachrichten brachten dazu keine Informationen. Ob Kiki Recht hatte und dieses Internet doch zu etwas nutze war? Ungelenk bewegte Gisela den Zeiger der Maus über die Anzeige, und freute sich bereits über diesen kleinen Erfolg, als sie plötzlich abrutschte und mit dem Zeigefinger den Knopf am Kopf des Internethamsters betätigte. Die Seite mit den flackernden Anzeigen verschwand, dafür öffnete sich eine neue. Was Oma Gisela da zu sehen bekam, verschlug ihr den Atem. Lauter nackte Frauen räkelten sich in eindeutigen Posen vor ihr und machten ihr mehr als unsittliche Avancen. Gisela konnte spüren, wie sich ihr Pulsschlag beschleunigte und ihr Blutdruck nach oben ging.

»So eine Schweinerei«, schimpfte sie und suchte verzweifelt nach einem Weg, die Seite zu schließen, doch immer neue Fenster öffneten sich. In einem behauptete eine leicht bekleidete Frau, sie lebe in der Nachbarschaft und sei bereit für »unkomplizierte Treffen.« Zu Giselas Entsetzen ertönte nun auch eine lüsterne Stimme aus dem Lautsprecher des Computers, der sie einlud, sich einer »erotischen Massage mit glücklichem Ende« hinzugeben.

»Das ist ja wohl die Höhe«, rief Gisela und griff nach dem Telefonhörer, der neben ihr auf dem Küchentisch lag. Mit zitternden Händen wählte sie die Nummer ihrer Freundin Helga. Wie immer vergingen nur wenige Sekunden, bis Helga abnahm. Helga liebte lange

Telefongespräche und hatte ihr Telefon immer bei sich, aus Angst, etwas zu verpassen.

»Etwas Schreckliches ist passiert«, verkündete Gisela, kaum, dass Helga ihren Namen gesagt hatte.

»Erzähl mir alles«, verlangte Helga. In knappen Worten schilderte Gisela ihrer Freundin, was sich ereignet hatte. Dann hielt sie den Hörer vor den Computer, aus dem inzwischen eine andere Stimme kam, die vorschlug, »heimlich lauter verbotene Dinge zu machen.«

»Hörst du das?«, fragte Gisela, die verzweifelt die Maus betätigte, in der Hoffnung, die anzüglichen Bilder und Stimmen verschwinden zu lassen.

»Du meine Güte, Gisela! Wer weiß, wo du da gelandet bist! Ich habe mal gelesen, dass die Leute, die solche Anzeigen machen, einen dabei filmen und die Sachen dann in das Netz stellen, wo sie jeder sehen kann.«

Gisela runzelte die Stirn.

»Warum sollten die mich denn filmen? Hier ist doch gar keine Kamera.«

»Doch, schau mal, wenn da oben so eine kleine, runde Öffnung ist, dann ist dahinter eine Kamera, und mit der kann dir jeder auf der Welt zusehen.«

»Zusehen bei was?«

»Na, wie du dir die Nackten im Internet anschaust.«

Oma Gisela lief tiefrot an. »Das gibt es doch gar nicht.«

»Doch«, bestätigte Helga. »Und dann musst du diesen Leuten Geld zahlen, damit die Videos wieder verschwinden, doch bis dahin hat sie natürlich jeder gesehen, der Helmut aus dem Bridge-Club, die Jana vom Frisör, die haben ja inzwischen alle das Internet auf dem Handy.«

Gisela hatte das Gefühl, keine Luft mehr zu bekommen. In einem Anflug von Panik klappte sie den Laptop mit einer heftigen Bewegung zu. Der Bildschirm wurde zwar dunkel, doch die Stimmen waren noch immer zu hören. Inzwischen waren sie zu einem eindeutigen Stöhnen übergegangen.

»Helga, was soll ich denn machen? Jetzt stöhnen sie auch noch!« Gisela war der Verzweiflung nahe.

»Zieh den Stecker«, riet ihr Helga. Das war eine gute Idee. Doch der Laptop hatte überhaupt keinen Stecker.

»Den von der Leitung, die in das Internet führt. Da muss es einen Stromstecker geben.«

Gisela lief wieder in den Flur und krabbelte auf allen Vieren unter das Tischchen.

»Hier ist kein Stecker«, beschied sie Helga. Aus der Küche drangen noch immer die wollüstigen Laute der angeblichen Frauen aus der Nachbarschaft.

»Doch, schau genau hin, in der Steckdose.«

Verzweifelt zerrte Gisela an dem widerspenstigen Stecker, doch er wollte nicht nachgeben. Dafür stieß sie unsanft gegen das Tischchen. Mit einem lauten Knall fiel Kikis teure Jugendstilvase auf den Boden und zerbarst in tausend Teile.

»Oh, nein«, machte Gisela.

»Was ist denn? Noch mehr Nackte? Stehen sie schon vor deiner Tür?«, fragte Helga am Telefon aufgeregt.

»Nein, die Nackten sind weg, aber ich habe Kikis Vase zerdeppert.«

»Darum kannst du dich später kümmern, erst musst du die Nackten loswerden. Ich habe gehört, dass die diese Viren übertragen«, mahnte Helga.

»Iih«, kreischte Gisela, packte den Stecker noch einmal mit aller Kraft und endlich gab er nach. Der Strom war getrennt und damit auch die Leitung.

»Helga? Helga! Bist du noch da?« Der Hörer blieb stumm. Verwundert stellte ihn Gisela zurück auf die Station und dachte darüber nach, wie sie Kikis Vase wieder zusammenflicken konnte.

Einige Kilometer weiter ahnte Kiki nichts von dem Drama, das sich im Haus ihrer Großmutter abspielte. Sie stand gerade vor einer Gruppe von etwa zehn jungen Vertriebsprofis, denen sie erklären sollte, wie Marketing im Internet funktioniert.

»Auf die Sichtbarkeit kommt es an. Die Konkurrenz ist immer nur einen Klick weit entfernt und durch Bewertungen und Rezensionen erfährt jeder, wenn Sie keine gute Arbeit leisten. Sorgen Sie also dafür, dass man Sie im Internet findet – und nur Gutes über Sie zu erzählen hat«, erklärte Kiki gerade und deutete mit dem Laserpointer auf das Bild des Beamers, das einige Beispiele für erfolgreiche Werbung im Netz zeigte. Sie machte eine kurze Pause und fragte in die Runde, ob es Fragen gäbe.

Ein junger Mann mit viel Pomade in den Haaren und noch mehr Parfüm auf seinem Schlips meldete sich. Er war Kiki bereits aufgefallen, weil er sich betont lässig in seinen Stuhl fläzte und ihr mit seiner Körperhaltung zu verstehen gab, wie wenig ihn diese Veranstaltung interessierte.

»Ja, bitte«, forderte ihn Kiki auf.

Der Mann grinste breit, bevor er zu sprechen begann.

»Wissen Sie, was Sie uns da erzählen, ist ja schön und gut, aber Sie haben es hier mit echten Profis zu tun. Da helfen ein paar nette Sprüche nicht, die Sie im Hausfrauenkurs aufgeschnappt haben.«

Verhaltenes Gelächter war zu hören. Alle Blicke richteten sich auf Kiki, die gelassen blieb. Solche Situationen war sie gewöhnt. Als weiblicher IT-Profi bewegte sie sich in einer Männerdomäne, doch meistens kaufte sie den Männern den Schneid dank ihres Know-Hows binnen weniger Augenblicke ab.

»Danke für diesen Input, Herr...?«, sagte sie freundlich.

»Herr Mahler«, erklärte der Typ, dessen Grinsen noch eine Spur breiter wurde.

»Herr Mahler. Bitte verraten Sie uns noch Ihren Vornamen.«

Verunsicherung flackerte in den Augen des Mannes auf. Vermutlich fürchtete er, Kiki wollte sich über ihn beschweren, obwohl sie in Wirklichkeit etwas ganz anderes vorhatte.

»Also, wenn Sie keinen Humor haben, dann...«

Kiki hatte sich über den Laptop gebeugt, den man ihr für die Präsentation zur Verfügung gestellt hatte. Jetzt hob sie den Blick und sah den Mann fragend an.

»Oh, nein, ich brauche Ihren Namen nur für eine kurze Demonstration.«

Der forsche Vertriebler zerrte ein wenig zu stark an seiner Krawatte, dann sagte er betont lässig: »Dominik Mahler heiße ich.«

Kiki nickte und tippte den Namen des Mannes ein. Dann warf sie das Bild des Laptopscreens auf die Beameranzeige. Die Seite zeigte eine nur wenigen bekannte Funktion der größten Suchmaschine »Fraggle«.

»Hier können Sie sehen, was Fraggle über Sie weiß. Sicherlich ist Ihnen bekannt, dass Fraggle alle Ihre E-Mails nach bestimmten Schlagworten scannt. Es hört Ihnen zu, um darauf zu achten, ob Sie die Sprachsteuerung nutzen möchten. Es weiß, welche Seiten Sie aufrufen, wo Sie hinfahren, wie viel Zeit Sie im Fitnessstudio verbringen und wer Ihr Lieblingsfußballer ist«, erklärte sie.

»Na und«, sagte Mahler. »Das ist ja kein Geheimnis. Jeder, der meine Accounts in den sozialen Netzwerken aufruft, kann das herausfinden.« Zustimmendes Gemurmel erhob sich.

Kiki lächelte.

»Das ist richtig, Herr Mahler. Aber schauen Sie sich mal diesen Bereich hier an. Das sind Informationen darüber, wo und was Sie am liebsten einkaufen. Zum Beispiel kann ich hier sehen, dass Sie in diesem Jahr bereits zweimal bei der Konkurrenz gekauft haben. Woher ich das weiß? Weil Sie eine Rezension hinterlassen haben.

Und schauen Sie mal hier, da haben Sie einem Konkurrenten aus Hamburg eine schlechte Bewertung gegeben, dabei verrät mir Ihr Profil, dass Sie zu diesem Zeitpunkt gar nicht in Hamburg waren, sondern mit einer Grippe zu Hause im Bett lagen.«

Mahler erblasste unter seiner sommerlichen Bräune sichtlich. Winzige Schweißperlen traten ihm auf die Stirn.

»Verlassen wir nun Fraggle und schauen uns an, was auf anderen Portalen über Sie geschrieben wird.« Kiki klickte eine neue Seite im Browser an.

»Hier beschwert sich eine Frau darüber, dass Sie bei einer Präsentation zwei Stunden lang auf einem Behindertenparkplatz parkten. Die Frau, selbst körperbehindert, hat Sie freundlich aufgefordert, den Parkplatz freizumachen. Daraufhin haben Sie sich verächtlich über sie geäußert.«

Mahlers Gesichtsfarbe hatte inzwischen ein kränkliches Weiß angenommen. Sein Adamsapfel hüpfte und er rutschte auf seinem Stuhl hin und her.

»Und sehen Sie hier. Hier haben Sie den Kundenservice Ihres Telefonanbieters auf einer öffentlichen Seite als unfähig und debil beschimpft. All das finde ich heraus, wenn ich Ihren Namen und Ihre Tätigkeit eingebe; Informationen, die sich auf Ihrer Visitenkarte befinden oder auf der Website Ihres Arbeitgebers.«

Spätestens jetzt erstarb auch das letzte abschätzige Lächeln auf den Gesichtern der Anwesenden. Kiki lächelte freundlich.

»Und jetzt werde ich Ihnen zeigen, wie Sie dank der Bewertungswut im Internet zu jeder Menge neuer und zufriedener Kunden gelangen. Bereit?«

Mahler nickte langsam, während er nervös einen Schluck aus dem Wasserglas nahm, das vor ihm stand. Auch die übrigen Teilnehmer blickten Kiki an und sie wusste, dass sie ab jetzt deren ungeteilte Aufmerksamkeit hatte. Sie setzte das Training fort und erklärte den Vertrieblern, wie Kunden im Internet nach ihnen suchten und wie sie ihre Sichtbarkeit im Netz strategisch erhöhen konnten. Sie sprach von Suchmaschinenoptimierung, Marketing in den sozialen Netzwerken und der besonderen Bewertungsfunktion bei Fraggle. Ihr entging nicht, dass nach einer Weile jeder im Raum eifrig mitschrieb und sich Stichpunkte notierte.

Nach dem Training kam ausgerechnet Mahler zu ihr.

»Hören Sie, Frau...«, begann er.

»Liebert«, half ihm Kerstin höflich.

»Frau Liebert, es tut mir leid, dass ich am Anfang behauptet habe, wir könnten von Ihnen nichts mehr lernen. Im Gegenteil, schon nach der ersten halben Stunde hat sich Ihr Training mehr als gelohnt. Ich werde mich jetzt sofort daran machen, Ihre Tipps umzusetzen und ich glaube, meinen Kollegen geht es genauso. Falls Sie in nächster Zeit noch einmal in der Nähe sind, würde ich Sie gerne zum Lunch einladen, um mein Profil erneut zu checken.«

Das war nicht die erste Einladung, die sie nach einem solchen Vorfall erhielt. Aber sie sagte mit einem freundlichen und professionellen Lächeln ab. Dates mit Kunden waren für sie ein No-Go.

Die übrigen Teilnehmer verabschiedeten sich voller Lob von Kiki und nachdem der letzte von ihnen den Raum verlassen hatte, ließ sie sich kurz in ihren Stuhl fallen, um durchzuatmen. Auch wenn sie Trainings wie diese schon viele Male abgehalten hatte, war es doch immer wieder auf das Neue eine kleine Bewährungsprobe.

»Ich sollte ein Buch schreiben«, murmelte sie, während sie ihre Sachen zusammenpackte und sich auf den lauen Sommerabend auf Oma Giselas Terrasse freute. Ob sie unterwegs noch etwas einkaufen sollte? Kurzerhand wählte Kiki die Nummer ihrer Großmutter. Zu ihrer Verwunderung teilte ihr eine Stimme mit, dass der Anschluss vorübergehend nicht erreichbar sei.

»Na nu, was hat das denn zu bedeuten? Ob etwas mit dem Anschluss schief gelaufen ist? Aber heute morgen hat doch noch alles funktioniert. Komisch!«

Eine halbe Stunde später traf Kiki samt einer Tüte voller Einkäufe zu Hause ein, wo sie ihre Großmutter mit einem zerquälten Gesichtsausdruck in der Küche vorfand. Der durchdringende Geruch nach Desinfektionsmitteln schlug ihr schon im Flur entgegen.

»Oma, was ist passiert?«, rief Kiki besorgt.

»Das Internet«, klagte Gisela. »Es hat die ganzen Nackten hereingeholt und die haben ihre Viren hier überall verteilt. Gottseidank habe ich rechtzeitig den Stecker gezogen und danach alles desinfiziert.«

Kiki runzelte die Stirn. Sie stellte die Tüte mit den Einkäufen auf der Küchenzeile ab und setzte sich zu ihrer Großmutter. Dabei fiel ihr Blick auf die Jugendstilvase im Flur, die irgendwie anders aussah.

»Jetzt noch einmal ganz ruhig, Oma. Was ist los?«

Oma Gisela sah ihre Enkelin vorwurfsvoll an. Vor ihr standen eine halb volle Flasche Eierlikör und ein kleines Glas.

»Na, das Internet. Das ist schuld. Ich glaube, das ist für mich nicht das Richtige und wir sollten es wieder abschaffen.«

Kiki unterdrückte nur mit Mühe ein Grinsen. Liebevoll legte sie ihrer Großmutter den Arm um die Schulter und tröstete sie.

»Quatsch, Oma. Du kennst dich einfach nicht gut genug damit aus.« Sie ging zum Schrank und holte sich ebenfalls ein Glas, in das sie etwas von der zähflüssigen gelben Flüssigkeit aus der Flasche einschenkte und dann hinunterstürzte und überreichte ihr erstmal den wunderschönen Blumenstrauß, den sie ihr beim Einkauf besorgt hatte.

»Pass auf, was hältst du davon, wenn ich dir einen Schnellkurs in Sachen Internet gebe, damit du alles Notwendige verstehst und es auch nutzen kannst? Immerhin hast du eine Expertin als Enkelin.«

Oma Gisela hob zweifelnd eine Augenbraue.

»Keine Nackten mehr und keine Viren? Helga hat gesagt, die können mich filmen.«

»Filmen? Wobei?«

»Na, wie ich die Nackten angucke.«

Kiki biss sich auf die Unterlippe, um nicht erneut loszulachen.

»Ich verspreche dir, dass du nach meinem Kurs keine Angst mehr vor Nackten, vor Viren oder davor hast, dass dich jemand gefilmt hat. Und wenn du magst, dann klebe ich die Kamera mit einem Post-It zu, das mache ich auch bei Kunden, die Angst haben, gefilmt zu werden. OK?«

Sie schenkte ihnen beiden noch etwas Likör nach und die beiden Frauen stießen darauf an.

»Weißt du«, sagte Gisela trocken. »Ich frage mich wirklich, wozu wir das Internet brauchen. Nackte kann man sich auch in Zeitungen anschauen oder am FKK Strand. In Frankfurt gibt es sogar diese Läden.«

»Naja, weißt du, das Internet besteht nicht nur aus Nackten. Also schon, zu einem großen Teil, aber das ist nicht der Teil, der für uns wichtig ist und man kann vermeiden, mit ihm in Kontakt zu kommen. Dafür können wir uns mit allen möglichen Menschen vernetzen. Hast du mir nicht erzählt, dass du eine Freundin hast, die in New York lebt?«

Gisela nickte.

»Ja, die Hilde, die hat einen Amerikaner geheiratet. Ich bin mir aber nicht sicher, ob es New York ist, es war auf jeden Fall eine Stadt mit New vornedran.«

»Na, von denen gibt es viele. Schreibst du ihr manchmal oder telefoniert ihr auch?«

»Nein, Telefonieren ist viel zu teuer. Wir schreiben hin und wieder, aber die Briefe dauern manchmal drei Wochen, bis sie ankommen und günstig ist es auch nicht. Ich habe ihr Mal einen meiner selbstgestrickten Schals eingepackt, weil sie sich beschwert hatte, dass die Winter dort immer so kalt sind, und das hat ein halbes Vermögen gekostet, den zu verschicken.«

»Siehst du, ab jetzt kannst du mit Hilde per E-Mail kommunizieren. Das kostet kein Geld und sobald du sie gesendet hast, ist sie auch schon bei Hilde.«

»Es kostet kein Geld?«, fragte Gisela misstrauisch.

»Nein, denn wir haben eine Flatrate. Wir können so viel im Internet unterwegs sein, wie wir möchten. Du hattest so einen uralten Vertrag, dass du nun genauso viel bezahlst wie vorher«

»Was? Also kann jetzt jeder im Internet mithören, wenn ich mit Helga telefoniere?«, empörte sich Gisela.

»Aber nein, Oma. Wir nutzen nur die Leitung des Internets, um zu telefonieren. Das ist heute bei allen Anschlüssen so.«

»Mmh«, machte Gisela. »Weißt du, meine Mutter, die kam ja aus einem kleinen Dorf im Odenwald, die hat mir erzählt, wie das damals war, als sie alle Telefone bekamen. Das war eine große Sache. Auf einmal konnten sie mit den Verwandten in Köln oder Berlin telefonieren, natürlich immer nur kurz, denn sonst wäre es viel zu teuer geworden. Aber das hat schon viel verändert. Und als mein Vater – Gott habe ihn selig – dann später seine Handelsreisen gemacht hat, da konnte er sie jeden Abend aus dem Hotel anrufen. Mit deinem Opa habe ich auch immer telefoniert, zum Beispiel, wenn er abends nicht aus der Kneipe kam.«

Gisela grinste. »Wenn ich da angerufen habe, dann wussten die schon immer, was los war und haben den Opa heimgeschickt.«

»Siehst du, und mit dem Internet ist es so ähnlich, nur noch viel besser und es umfasst die ganze Welt«, erklärte Kiki.

»Aber es ist voller Nackter«, beharrte Gisela. »Da war eine Anzeige, auf der stand, dass mein Lieblingsmoderator schwer krank ist und auf die habe ich gedrückt und dann ging es los und es wurden immer mehr, und die Helga hat...«

»Moment, du hast mit Helga telefoniert?«

»Ja, natürlich, jemand musste mir ja helfen, du warst ja nicht mehr da.«

Kiki stand auf und holte ihren Laptop. Im Flur verband sie den W-Lan-Router wieder mit dem Strom und betrachtete dabei ihre Vase, auf der einige deutlich Linien davon kündeten, dass es heute offenbar einen Unfall gegeben hatte, in dessen Folge die Vase zu Bruch gegangen war. Kiki beschloss, ihre Oma heute nicht danach zu fragen. Sie ging zurück in die Küche und klappte den Laptop auf.

»Mit der Maus kannst du auf dem Laptop verschiedene Programme öffnen. Das hier zum Beispiel ist für das Internet. Du klickst darauf und dann siehst du die Seite einer Suchmaschine.«

»Einer was? Eine Maschine? Das sieht nicht aus wie eine Maschine, sondern eher wie der Einband eines Kinderbuchs.«

»Ja, im Internet sieht vieles verspielt aus. Eine Suchmaschine ist wie eine riesige Bibliothek, in der du alles nachlesen kannst. Du gibst einen Begriff ein und schon siehst du, was alles gefunden wurde. Du kannst nach allem Möglichen suchen, zum Beispiel nach einem neuen Gugelhupf-Rezept.«

»Ich brauche kein neues Rezept, ich mag mein altes«, entgegnete Gisela und verschränkte die Arme vor der Brust.

»Das ist ja auch nur ein Beispiel. Du kannst auch nach nachsehen, wann das nächste Mal im Schwimmbad wieder Seniorentreff mit Kaffee und Kuchen ist.«

Kiki tippte die Begriffe in die Suchmaschine ein und eine Vielzahl von Suchergebnissen erschien. Prompt wurde an oberster Stelle der 18.10. angezeigt.

»Siehst du, hier kannst du sehen, wann es stattfindet und es gibt sogar an dem Tag einen Gugelhupf-Kuchen, ist ja witzig, schau mal.«

»Aha«, machte Gisela. Kiki streifte sie mit einem Blick und erkannte, dass ihre Oma ihre abwehrende Körperhaltung aufgegeben hatte und nun durchaus interessiert auf den Bildschirm schaute.

»Oder du kannst herausfinden, ob dein Lieblingsmoderator wirklich Krebs hat. Dafür tippst du das einfach hier oben in das Feld ein. Wie heißt er?«

Gisela nannte den Namen des Fernsehstars und schon wurden eine Menge Einträge angezeigt. Kiki klickte auf den neuesten und eine Weile lasen sie schweigend.

»Also, hier steht, bei ihm gab es nur eine Routine-Untersuchung, nichts von Krebs oder dem Ende seiner Karriere.«

»Und was steht da unten? Ehe-Aus nach 20 Jahren, weil er eine andere hat? Dieser Schuft!«, empörte sich Gisela.

»Solche Anzeigen darfst du nicht so ernst nehmen, Oma. Weißt du, im Internet ist es so, dass jeder alles Mögliche schreiben kann. Jeder kann eine Website aufmachen und etwas über Prominente schreiben. Das ist ähnlich wie in den Klatschblättern, da stimmt oft auch nur die Hälfte, damit die Leute zugreifen.«

»Aber warum schreiben sie etwas, das gar nicht stimmt?«

»Es geht darum, möglichst viele Menschen, so wie dich, neugierig zu machen und dann dazu zu bringen, dass sie auf die Seite kommen.«

»Und dann? Ich meine, was machen sie dann mit uns?«

»Nichts, Oma. Aber je mehr Menschen eine solche Seite aufrufen, umso teurer können sie die Werbung auf der Seite verkaufen.«

»Du meinst die mit den Nackten?« Gisela rückte ihre Brille zurecht.

»Normalerweise schaltet in dem Bereich des Internets, in dem wir uns bewegen, niemand Werbung für Nackte, sondern für Sachen, die dir gefallen.«

»Die mir gefallen? Woher will das Ding das denn wissen?«

»Na, es merkt sich, welche Sachen du dir anschaust, wonach du suchst, was du kaufst.«

»Dann weiß es ja jetzt, dass ich Nackte nicht mag«, stellte Gisela zufrieden fest.

Kiki lachte. »Ja, davon kannst du ausgehen.«

Sie öffnete wieder die Seite mit dem Suchfeld der Suchmaschine.

»Ok, wonach möchtest du suchen? Gibt es etwas, das du dir schon lange kaufen wolltest? Oder eine Person von früher, die du gerne mal wieder sehen möchtest?«

Gisela überlegte.

»Nach dem Fritz könnten wir suchen«, sagte sie schließlich.

»Fritz? Wer ist denn Fritz?«, fragte Kiki neugierig.

Gisela wurde ein wenig rot und schenkte sich noch einen Likör ein.

»Ach, der Fritz, das war mein erster Verehrer, weißt du, bevor der Opa kam. Ein Hübscher war er, die Mädchen waren alle verrückt nach ihm, doch er hatte nur Augen für mich. Ein Auto hatte er, ein ziemlich schickes, und mit dem hat er mich immer abgeholt und wir haben Ausflüge gemacht. Das war eine herrliche Zeit.«

»Und was ist dann passiert?«, wollte Kiki wissen.

»Naja, dann kam dein Opa, und der gefiel mir noch besser. Der war eben kein Schönling, wie der Fritz, sondern ein ganzer Kerl. Trotzdem habe ich manchmal an den Fritz gedacht. Er konnte immer so lustig sein, wenn er wollte. Wir haben viel gelacht. Und tanzen konnte er, das glaubst du nicht. Wenn wir sonntags zum Tanztee gingen, dann wirbelte er mich herum wie eine von den Stars im Fernsehen. Dein Opa hat ja nie getanzt, er hatte zwei linke Füße.«

»Ok, und weißt du, was aus Fritz wurde?«, fragte Kiki.

Gisela zuckte mit den Achseln.

»Soweit ich weiß, ging er irgendwo in den Norden, nach Hamburg glaube ich, und hat geheiratet. Wir haben uns dann aus den Augen verloren – das war auch besser so, immerhin hatte ich ja deinen Opa.«

»Und wie hieß er mit Nachnamen?«

»Lindemann, hieß er. Geboren am 01. Mai 1932.«

Kiki tippte die Informationen in die Suchmaschine, dann klickte sie auf die Bilderauswahl.

»Kannst du ihn hier irgendwo wieder erkennen?«

Gisela beugte sich nach vorne und kniff die Augen zusammen, um besser sehen zu können.

»Heißen die etwa alle Fritz Lindemann?«, fragte sie. Kiki nickte.

»Das sind aber viele.«

»Naja, das sind vermutlich alle Fritz Lindemanns, die es so gibt. Ist einer davon dein Fritz?«

Gisela schüttelte den Kopf.

»Nein. Ich weiß ja auch gar nicht, wie er heute aussieht. Außerdem: Was hast du vor, wenn wir ihn finden?«

»Na, wir schreiben ihm eine E-Mail«, erklärte Kiki fröhlich.

»Einfach so?«, fragte Gisela.

»Na klar. Vielleicht wohnt er ja wieder irgendwo hier in der Nähe und tanzt noch immer so gut wie früher.«

»Da, das ist er!«, unterbrach sie Gisela. »Alt, aber das ist er.«

Kiki klickte auf das Bild.

»Hier steht, dass er als Fotograf gearbeitet hat und lange in Hamburg gelebt hat, aber schau mal, inzwischen lebt er wirklich wieder in Frankfurt, sogar ganz in der Nähe.«

»Ist da eine Telefonnummer?«, fragte Gisela.

»Nein, aber seine E-Mail-Adresse. Ich denke, es ist Zeit für deine erste E-Mail, Oma. Morgen legen wir dir ein eigenes Konto an, und dann kannst du deinem Fritz schreiben.«

Gisela griff nach der Flasche und leerte den Rest in ihre beiden Gläser. Oma und Enkeltochter stießen an und schauten sich mit einem Lächeln in die Augen.

»Auf das Internet«, sagte Gisela fröhlich.

2. Die Sache mit dem X

Der Duft von frischem Kaffee weckte Kiki am nächsten Morgen. Als sie nach unten kam, saß Oma Gisela bereits vor dem Laptop und hatte das Bild von Fritz Lindemann geöffnet. Kiki entging nicht, dass die Wangen ihrer Großmutter leicht gerötet waren. Sie sah beinahe aus wie ein verliebter Teenager.

»Also, wie schreibt man jetzt so eine E-Mail?«, fragte sie und strahlte Kiki erwartungsvoll an. Kiki goss sich eine Tasse Kaffee ein und setzte sich neben Gisela. Sie griff nach einer Scheibe Toast und bestrich sie mit Marmelade.

»Eine E-Mail ist ein elektronischer Brief. Du brauchst als Erstes eine E-Mail-Adresse. Die ist zugleich deine Adresse, aber auch dein Postfach. Am besten nimmst du deinen Vor- und Nachnamen.«

Kikis Finger flogen über die Tastatur und innerhalb weniger Minuten hatte sie einen eigenen E-Mail Account für Oma Gisela angelegt.

»In die obere Zeile gibst du den Empfänger ein. Hast du die E-Mail Adresse von Fritz?«

Oma Gisela nickte und zog einen Notizblock hervor, auf dem sie die Adresse inklusive eines reichlich schiefen @ Zeichens notiert hatte.

»Jetzt kommt der Betreff.«

»Der Betreff? Das klingt ja wie bei einem Geschäftsbrief!«

»Das ist bei einer E-Mail so. Damit der Empfänger schon eine Ahnung hat, worum es geht«, antwortete Kiki geduldig. »Wie wäre es einfach mit Hallo? Das ist unverfänglich. Er sieht am Absender ohnehin schon, dass die E-Mail von dir stammt.«

Gisela nickte langsam und nippte an ihrer Kaffeetasse. Kiki schnupperte.

»Sag mal, hast du in deinen Kaffee zufällig etwas Eierlikör gegeben? Es riecht so!«

Oma Gisela zwinkerte ihr zu und setzte dann ein betont unschuldiges Gesicht auf.

»Das ist für die Nerven, mein Kind, nur für die Nerven. Immerhin ist es Jahre, ach was, Jahrzehnte her, dass ich so etwas Aufregendes gemacht habe.«

Kiki grinste und stand auf. Sie gab ihrer Großmutter einen Kuss auf die Wange.

»Übertreibe es nicht! Du kannst jetzt einfach deinen Text da unten in das große Feld tippen und dann drückst du auf Senden.«

»Und dann?« Gisela riss die Augen auf.

»Dann wartest du auf Antwort.«

»Aber, was soll ich denn da reinschreiben? Nach all den Jahren? Auf keinen Fall will ich, dass er mich für ein altes Lustweib hält!«

Oma Gisela rückte energisch ihre Brille zurecht. Kiki lachte schallend.

»Lustweib? Was ist das denn für ein Begriff? Stammt der aus dem vorherigen Jahrhundert? So ein Blödsinn, Oma. Du bist jetzt ein Silver Surfer und die sind so etwas von in, das glaubst du gar nicht. Du kommunizierst jetzt digital, das hat doch mit Lustweib nichts zu tun.«

Kiki verschwand aus der Küche und kurz darauf konnte man oben in der Dusche das Wasser rauschen hören. Gisela saß vor dem aufgeklappten Laptop und starrte den blinkenden Cursor an.

Langsam bewegten sich Oma Giselas Finger über die Tastatur des Laptops.

LIEBER FRITZ, schrieb sie, nein, das war zu liebevoll und musste gelöscht werden, aber wie?

»Kiki! Kiki!«, rief Oma Gisela die Treppe hinauf. Vor lauter Schreck sprang Kiki aus der Dusche und lief nur mit einem Handtuch bekleidet die Treppe herunter. »Ist was passiert?«.

»Ja, wo ist denn die Taste zum Löschen?«

Etwas genervt, aber doch verständnisvoll zeigte Kiki ihrer Oma die Taste.

»Nicht das gleich alles weg ist, ich muss mich beeilen!«, sagte Oma Gisela nervös.

»Oma, du kannst dir so viel Zeit lassen, wie du möchtest, schau mal, hier kannst du drauf drücken und die Nachricht als Entwurf speichern, dann kann nichts passieren«, erklärte Kiki geduldig.

Oma Gisela löschte das Geschriebene. Kiki ging wieder in das Badezimmer und nach einer Weile kam sie die Treppe hinunter, schnappte sich ihre Tasche und rief: »Tschüß«. Kurz darauf konnte man draußen ihren Wagen hören.

Oma Gisela war alleine und starrte auf das weiße Feld der E-Mail. Sie stand auf und ging zum Kühlschrank. Sie nahm den Eierlikör heraus, gab einen winzigen Schluck in ihren Kaffeebecher und setzte sich wieder hin.

»Nüchtern bekomme ich das niemals hin«, murmelte sie und begann wieder zu tippen.

»Guten Morgen, ich bin verabredet mit Herrn Lehnert«, sagte Kiki zu der perfekt gestylten Frau hinter der Rezeption.

»Bitte nehmen Sie Platz, seine Assistentin kommt gleich«, sagte die Frau, ohne eine Miene zu verziehen, was bei den vielen Schichten aus Make-Up vermutlich auch ziemlich schwierig geworden wäre.

Kiki setzte sich auf das ultramoderne Ledersofa und ließ ihren Blick über die Frankfurter Skyline wandern. Sie befand sich im 12. Stock und durch das bodentiefe Fenster konnte sie bis hinunter auf die Straße blicken, wo sich Autos, Taxis und Busse durch die hoffnungslos überfüllten Straßen quetschten. Von hier oben sahen sie winzig klein aus, fast wie Spielzeug.

Sie schaute in die Fenster des Wolkenkratzers gegenüber, hinter denen Menschen in Anzügen und schicken Businesskostümen emsig und betriebsam hin- und herliefen. Frankfurt gehörte zu den wenigen Städten in Deutschland, in die Menschen vor allem zum Arbeiten kamen. Nach 18 Uhr legte sich eine gespenstische Stille über die Häuserschluchten der Innenstadt und bis auf wenige Autos waren die Straßen wie ausgestorben.

Die meisten Bänker fand man dann auf einer der zahlreichen After-Work-Partys oder In-Lokale wieder, denn auch dafür stand Frankfurt: Wer hart arbeitet, muss auch feiern gehen können. Auch in äußeren Vierteln wie Bornheim oder der Studentenhochburg Bockenheim füllten sich dann die Restaurants mit Leben.

»Frau Liebert?« Kiki blickte auf und sah in das leicht gerötete Gesicht einer jungen Frau Ende 20, deren zerzaustes Haar darauf schließen ließ, dass ihr Morgen nicht ganz so problemlos verlaufen war wie ihrer.

»Kommen Sie, ich bringe Sie in den Konferenzraum«, sagte die junge Frau und ging voran. Während Kiki hinter ihr herschritt, bewunderte sie die junge Frau dafür, dass sie auf diesen, sicher 12 Zentimeter hohen Absätzen so mühelos das Gleichgewicht halten konnte. Auch Kiki trug gern Stiefel und Pumps, doch Pfennigabsätze fand sie viel zu unbequem.

Die Assistentin brachte sie in einen betont minimalistischen Konferenzraum. Stühle mit weißen Kunstlederbezügen, in denen man regelrecht versank, wenn man sich hinsetzte, standen perfekt aufgereiht an einem Glastisch, dessen geschwungene Metallbeine ahnen ließen, wie teuer er gewesen war. Kiki setzte sich hin und zog ihre Unterlagen aus ihrer Tasche.

»Darf ich Ihnen einen Kaffee bringen?«, fragte die Assistentin. Ihr nervöses Augenzwinkern verriet Kiki, dass sie offenbar unter erheblichem Druck stand, auch wenn sie die Ursache dafür nicht erkennen konnte.

»Nein, danke«, sagte Kiki. »Meine Präsentation habe ich Ihnen ja geschickt. Können Sie sie auf den Beamer werfen?«

Der Gesichtsausdruck der Assistentin wechselte von hell weiß zu tiefrot und sie stotterte: »Ja, klar, kein Problem, die Präsentation ist gleich soweit.«

Mit diesen Worten stolperte sie aus dem Konferenzraum und ließ sich hinter einen Schreibtisch in Sichtnähe sinken. Von ihrem Platz aus konnte Kiki beobachten, wie sie hektisch auf der Tastatur ihres Computers herumtippte, sich dann tief über den Bildschirm beugte und dabei ein mehr als panisches Gesicht machte. Kiki war sich sicher, dass das an ihrem Chef lag. Sie konnte sich vorstellen, dass es keine leichte Sache war, für Martin Lehnert zu arbeiten und jede seiner Launen auszuhalten.

Martin Lehnert war Investmentbanker in einer der größten Investmentfirmen der Stadt. Diese Jungs bekamen hohe Gehälter, standen aber auch unter enormem Druck. Schon bevor sie 30 waren, jonglierten sie mit Millionen und entschieden über Wohl und Wehe von Unternehmen. Sicherheit war ein großes Thema bei diesen Firmen, immerhin konnte schon ein kleiner Tipp dafür sorgen, dass ganze Aktienkurse in Bewegung gerieten.

Technisch hatte man bei »Trigon Investment« alles dafür getan, hochsensible Daten abzusichern, doch was blieb, war der menschliche Faktor. Da war die Sekretärin, die vielleicht aus Versehen eine Mail weiterleitete, die nur für den internen Gebrauch bestimmt war oder der IT-

Mitarbeiter, der seinen Laptop in der Bahn liegen ließ oder an ein öffentliches Netzwerk anschloss.

Genau diesen menschlichen Faktor galt es nun zu minimieren, in dem die Mitarbeiter eine Schulung erhielten. Kiki hatte seit Tagen an einer entsprechenden Vereinbarung gearbeitet, die alle Mitarbeiter nach Ende der Schulung unterschreiben sollten. Die Schulung begann um 10, vorher hatte Lehnert unbedingt noch einen Termin mit ihr gewollt, vermutlich, um sich wichtig zu machen.

Er machte keinen Hehl daraus, wie lästig und überflüssig er es fand, sich als Finanz-Jongleur mit dieser Sache herumzuschlagen, doch als Partner der Firma musste er eben auch solche Pflichten übernehmen und IT Sicherheit war für Unternehmen ein so wichtiges Thema, dass man damit durchaus punkten konnte. Kiki machte sich deshalb auf ein weiteres, anstrengendes Gespräch mit einem überheblichen Anzugträger gefasst. Zunächst aber würde Lehnert sie warten lassen.

Kiki war schon zu lange in der Berufswelt unterwegs, um nicht zu wissen, dass das kein Zufall war. An der Zeit, in der man jemanden warten ließ, bemaß sich, für wie wichtig man sich hielt.

Eine Frau, die sich »IT-Profi« nannte, nahm man in der Männerdomäne Investmentbanking nicht ernst, obwohl man Kiki gerade aufgrund ihres herausragenden Know-

Hows und ihrer langjährigen Erfahrung in Sachen »Faktor Mensch bei der IT Sicherheit« gebucht hatte.

Sie seufzte und zog ihr Handy aus der Tasche. Sie wählte Oma Giselas Nummer, während sie beobachtete, wie Lehnerts Assistentin von ihrem Platz aufsprang und mit angestrengtem Gesicht durch einen Flur davonlief, bis sie aus Kikis Sichtfeld verschwunden war.

»Liebert«, meldete sich Kikis Großmutter mit leicht verwaschener Stimme.

»Oma? Ist alles in Ordnung? Wie kommst du mit der E-Mail voran?«

»Hervorragend. Ganz und gar hervorragend«, nuschelte Oma Gisela.

Kiki grinste.

»Vielleicht solltest du dir mal ein Brötchen schmieren und mit dem Eierlikör aufhören«, sagte sie. »Das verträgst du doch gar nicht und vor allem nicht so früh.«

»Du hast ja Recht, mein Kind«, seufzte Gisela. »Aber ich bin es eben nicht gewohnt, so etwas zu machen. Du musst wissen, früher waren die Männer nur hinter mir her.«

Kiki verfolgte, wie die Assistentin zurück an ihren Platz ging und sich mit sichtlich verzweifeltem Gesicht die Haare raufte, die ihr bereits in unordentlichen Strähnen vom hochroten Gesicht abstanden.

»Oma, die Zeiten haben sich geändert. Frauen heute gehen aktiv auf das zu, was sie wollen. Da gibt es keine Regeln mehr. Im Gegenteil: Männer schätzen es, wenn Frauen den ersten Schritt machen. Er freut sich bestimmt, etwas von dir zu hören. Schreib ihm einfach, dass du ihn online gefunden hast und gerne mal mit ihm Kaffee trinken würdest. Das ist total unverfänglich.«

»Mmh«, machte Gisela. »Aber vorher muss ich ein kleines Schläfchen machen. So viel Eierlikör macht müde.«

»Bis später«, sagte Kiki und legte auf. Sie beobachtete noch immer die verzweifelte Assistentin. Obwohl es bereits Viertel nach neun war, ihr Termin mit dem Chef also eigentlich vor 15 Minuten hätte beginnen sollen, und sowohl von ihrer Präsentation als auch von Lehnert jede Spur fehlte.

Kiki öffnete die Glastür des Konferenzraums, die geräuschlos nach innen schwang und trat hinaus in den Flur. Hier waren die Teppiche so dick, dass sie alle Geräusche verschluckten.

»Entschuldigung«, sagte Kiki mit gedämpfter Stimme, als sie den Schreibtisch der Assistentin erreichte. Diese fuhr erschrocken auf. Sie wirkte, als sei sie gerade bei etwas ertappt worden.

»Herr Lehnert kommt gleich«, sagte sie eine Spur zu hastig.

»Danke für die Information, aber deshalb bin ich nicht hier. Mir ist aufgefallen, dass Sie vielleicht ein Problem mit Ihrem Computer haben. Da ich gerade hier bin, könnte ich Ihnen damit helfen.« Kiki lächelte so freundlich, wie sie konnte.

Der Blick der Assistentin flackerte. Kiki konnte förmlich hören, wie es hinter ihrer Stirn ratterte.

»Also, was ist los?«

Das genügte, um den Widerstand der ohnehin schon derangierten Assistentin zum Einsturz zu bringen.

»Ich habe die Präsentation gelöscht«, sagte sie und ihre Lippen begannen gefährlich zu beben. »Dabei habe ich doch nur einmal aus Versehen auf das X gedrückt.«

Rasch schaute Kiki erst nach links, dann nach rechts, doch keiner der vorbeieilenden Anzugträger achtete auf sie. Dann umrundete sie den Schreibtisch und beugte sich über den Bildschirm. Die Assistentin war inzwischen einem Tränenausbruch nahe.

»Keine Bange«, flüsterte Kiki so leise, dass niemand sie hören konnte. »Das bekommen wir schon wieder hin.«

Die Augen der Assistentin wurden groß, dann stand sie auf, um Kiki Platz zu machen, die auf ihrem Bürostuhl Platz nahm.

Sie tippte einige Eingaben in die Tastatur, um festzustellen, ob die Präsentation tatsächlich gelöscht war. Als das nichts half, zog sie einen USB-Stick aus ihrer Tasche und schloss ihn an den PC an.

»Aber wir dürfen keine...«, versuchte die Assistentin sie daran zu hindern, doch Kiki legte rasch einen Finger auf die Lippen.

»Schon gut. Auf meine USB Stick sind ganz sicher keine Viren. Da ist nur ein Programm drauf, mit dem man gelöschte Daten wieder herstellen kann. Sachen, die man von einer Festplatte löscht, verschwinden nämlich nicht wirklich.«

Sie startete das Programm und binnen Sekunden fand sie die wieder hergestellte Präsentation.

»Na bitte«, sagte Kiki und drehte sich schwungvoll mit dem Bürostuhl um. »Hier ist sie. Jetzt können Sie auch Herrn Lehnert sagen, dass ich da bin. Schieben Sie die Verspätung ruhig auf mich!« Sie stand auf und zwinkerte der völlig perplexen Sekretärin aufmunternd zu, bevor sie zurück in den Konferenzraum ging. Lächelnd spürte sie, wie sich die Assistentin in Bewegung setzte und nach dem Hörer griff, um Lehnert Bescheid zu sagen.

Tatsächlich kreuzte dieser nur fünf Minuten später wieder auf und begrüßte sie mit den Worten:»Meine Zeit ist kostbar, fangen wir an!« Er knöpfte sein Jackett auf und ließ sich auf den Ledersessel am Kopf des Tisches fallen. Kikis Blick streifte seine Lederschuhe und sie dachte kurz darüber nach, dass diese vermutlich mehr gekostet hatten ihr gesamter Tagessatz, verdrängte den Gedanken aber. Sie schob den Gedanken beiseite und hielt Lehnert die Vereinbarung hin, die sie ausgearbeitet hatte. Er nahm sie und überflog sie. Dann ließ er sie wieder auf den Tisch fallen.

»Ja, ja, das sieht alles ganz ordentlich aus. Entscheidend ist, dass Sie den Leuten klar machen, dass wir sie in Grund und Boden klagen, wenn wir aufgrund eines Fehlers oder weil jemand beim Feierabendsekt die Klappe nicht halten kann, auch nur einen Euro weniger Umsatz machen.«

Lehnert hörte sich gerne reden, so viel stand fest. Kiki schätzte, dass er etwa fünf Jahre älter war als sie, sein goldener Ehering verriet, dass er verheiratet war, doch sein After Shave roch mehr danach, als sei er der ein oder anderen Affäre nicht abgeneigt.

»Den Absatz mit den möglichen straf- und zivilrechtlichen Folgen habe ich markiert, das muss dann entsprechend von einem Wirtschaftsjuristen abgeklärt werden.«

»Ja, ja«, machte Lehnert, der sein Handy herausgeholt hatte und darauf herumtippte. Kiki rollte mit den Augen und wartete, bis er seine anscheinend super wichtige Nachricht versendet hatte und ihr wieder seine Aufmerksamkeit widmete.

»Wo ist die zweite Vereinbarung?«

Kiki runzelte die Stirn.

»Welche zweite Vereinbarung?«

»Na, die für die Partner. Wir können unmöglich die Partner die gleiche Vereinbarung unterschreiben lassen wie die Assistentinnen. Immerhin geht es da auch um Privatsphäre.«

Kiki hob irritiert eine Augenbraue. »Wie meinen Sie das?«

»Naja, schauen Sie mal, das ist doch ganz einfach. Ich bin der jüngste Partner in dieser Firma und deshalb hat man mir diese leidige Aufgabe zugewiesen. Wenn ich sie gut handhabe, kommt mir das zu Gute und gut heißt, so, dass ich die Partner nicht gegen mich aufbringe. Und wenn es eine Sache gibt, die sich die Partner nicht vorschreiben lassen wollen, dann, wo und wie sie sich in das Intranet der Firma einloggen. Das möchten sie im Zweifelsfalle auch von einem Hotel auf den Bahamas aus, während sie eine Massage der besonderen Art genießen.« Er beugte sich ein wenig über den Glastisch und sah Kiki fest in die Augen.

»Ich meine, wir wissen beide, dass es eher eine Assistentin ist, die sich von einem unserer Konkurrenten bei einem Deal abschleppen lässt und damit für ein Fiasko sorgt, als die hübsche, aber einfältige Geliebte eines Partners.« Er zwinkerte ihr zu. »Sie verstehen mich?«

Sein anzügliches Grinsen verursachte Kiki Übelkeit.

»Aus IT-Sicht besteht da kein Unterschied«, sagte sie, ein wenig kühler als beabsichtigt. »Auch das besprechen Sie dann am besten mit Ihrem hauseigenen Juristen. Ich bin mir sicher, dass er da eine für Sie passende Lösung ausarbeiten wird. Ich werde mich jetzt auf die Schulung der Mitarbeiter konzentrieren.« Sie sah auf und stellte mit Erleichterung fest, dass die ersten Teilnehmer bereits vor der Glastür warteten. Lehnert deutete ihnen hereinzukommen. Etwa 12 Angestellte von »Trigon Investment« nahmen rund um den Tisch Platz und schauten aufmerksam auf die Präsentation. Lehnert erhob sich und blieb noch ein wenig mit verschränkten Armen neben der Tür stehen, vermutlich, um Kiki das Gefühl zu geben, dass er ihre Arbeit kontrollierte.

Kiki öffnete die Präsentation, die auf dem Beamer abgebildet wurde und begann mit dem ersten Bild.

»Menschliches Versagen durch Irrtum und Nachlässigkeit steht noch immer auf Platz 1 der IT-Sicherheitsrisiken. Während die Gefahren durch Malware in den letzten Jahren kontinuierlich abgenommen hat, was auch am wachsenden Sicherheitsbewusstsein der Unternehmen liegt, bleibt das Verhalten der Mitarbeiter das größte Problem in Sachen Sicherheit. Wie Sie sehen, zeigen mehrere groß angelegte Studien, dass nur kontinuierliches Sicherheitstraining diesen Faktor minimieren kann. Das von mir entwickelte und durch mehrere externe Stellen zertifizierte System fußt auf drei Säulen:...«

Noch bevor sie den Satz beendet hatte, war Lehnert verschwunden.

Es war bereits nach 18:00 Uhr, als Kerstin das Gebäude von »Trigon Investment« verließ und zum nahegelegenen Parkhaus ging. Die Teilnehmer hatten viele Fragen gehabt – kein Wunder, bei dem Druck, den Lehnert aufbaute. Tatsächlich hatten die neuen Sicherheitsvorschriften viele verunsichert, doch Kerstin war zuversichtlich, dass die Schulung ihnen gezeigt hatte, wie sie die Anforderungen erfüllten und sicher und kompetent mit den sensiblen Daten umgingen, die ihnen anvertraut wurden.

Während Kiki auf das Parkhaus zuging, dachte sie darüber nach, dass das Parken in einem Parkhaus in der Innenstadt sie sicher ein kleines Vermögen gekostet hatte, doch Trigon zahlte gut und so musste sie sich wenigstens nicht durch den öffentlichen Verkehr in Frankfurt quälen. Seit Jahren versprach man, die Tunnel für den S- und U-Bahn-Verkehr zu erweitern, doch das Projekt kam nur schleppen voran und eine einzige verspätete S-Bahn konnte den gesamten unterirdischen Verkehr für Stunden in Verzug bringen.

Kiki griff nach ihrem Handy und rief bei Gisela an. Schon in der Mittagspause hatte sie versucht, ihre Oma zu erreichen, doch Gisela hatte nicht abgenommen. Vermutlich schlief sie noch immer ihren Eierlikörrausch aus.

»Hallo?«

»Oma? Ich bin es. Ich wollte nur sagen, dass ich jetzt nach Hause komme. Soll ich etwas zu essen mitbringen? Hast du vielleicht Lust auf thailändisch?«

»Thailändisch? Seit wann kann man das denn essen?«, entrüstete sich Gisela am anderen Ende der Leitung, deren Stimme nun wieder klar und wach klang.

»Ich habe Frikadellen und Kartoffelsalat gemacht«, erklärte sie. »Den hast du doch schon als Kind so gerne gegessen.«

Als Kiki an die viele Mayonnaise und die Zwiebeln dachte, die in Oma Giselas berühmten Kartoffelsalat kamen, rebellierte ihr Magen, doch sie sagte: »Prima, ich freue mich!« und legte auf.

Kurz darauf hatte Kiki das Parkhaus erreicht, nur um festzustellen, dass es bereits geschlossen war. Offensichtlich hatte sie es beim Hineinfahren versäumt, einen Blick auf die Öffnungszeiten zu werfen und nun konnte sie ihr Auto erst am nächsten Morgen abholen oder aber die »Spätöffnungspauschale« von satten 250 Euro zahlen.

»Na, super«, stöhnte Kiki und gratulierte sich im Stillen dafür, dass ihre Absätze nur fünf Zentimeter hoch waren und sie mit ihnen problemlos bis zur nächsten U-Bahn-Station laufen konnte.

Aus den umliegenden Bürogebäuden strömten Menschen mit Aktentaschen und in ebenso schicker wie uniformhafter Businesskleidung, um mit der S-Bahn, dem Zug oder der Straßenbahn zu den Außenbezirken der Stadt und zu den vorgelagerten Vorstädten zu gelangen.

Kiki quetschte sich in eine völlig überfüllte U3 in Richtung Südbahnhof. An der Hauptwache drängten sich die Menschen entlang der Bahnsteige, Obdachlose mischten sich unter Banker, Drogenabhängige bettelten um Geld und gelangweilte Security Leute versuchten, einen Anschein von Ordnung aufrechtzuerhalten.

Kiki dachte darüber nach, ob Gisela es ihr übel nehmen würde, wenn sie unterwegs noch bei ihrem Lieblingsitaliener anhielt und sich einen Salat mitnahm, verwarf diesen Gedanken dann aber wieder. Auf keinen Fall wollte sie ihre Oma kränken und immerhin war ihr Kartoffelsalat in der Tat einmalig, wenn auch ziemlich hochkalorisch.

Am Südbahnhof verließ Kiki die U-Bahn und ging nach oben, zum oberirdischen Teil des Bahnhofs, um die Straßenbahn in Richtung Niederrad zu nehmen. Auch hier herrschte noch immer emsiges Gewusel.

Heute Abend spielte die Eintracht und der gesamte Südbahnhof war mit grölenden und mit schwarz-rot-weißen Schals bekleideten Fans gefüllt.

Kiki betrachtete das Treiben und genoss die angenehme Müdigkeit, die sich nach einem ebenso arbeitsamen wie erfolgreichen Tag automatisch einstellte.

»Ob sie die E-Mail an Fritz schon abgeschickt hat?«, fragte sich Kiki und lächelte.

Die Trennung von Holger war noch zu frisch, um über neue Dates nachzudenken und ein wenig graute ihr auch davor, sich mit Mitte 30 wieder auf den Singlemarkt zu werfen, doch andererseits freute sie sich auch darauf, wieder ungebunden zu sein und nach Herzenslust flirten zu können.

In Gedanken vertieft beobachtete sie, wie eine schwer mit Einkaufstüten beladene Frau mit ihrem vielleicht vier Jahre alten Sohn kämpfte, der zu den Tauben laufen wollte, die auf der Mitte des Platzes, dort, wo die Straßenbahnen hielten, in kleinen Gruppen auf dem Boden hockten und Krümel aufpickten.

Mit einem lauten Klingeln kündigte sich die nächste Straßenbahn an, als der Junge sich plötzlich losriss und direkt vor die Straßenbahn lief. Die Mutter stieß einen Schrei aus, ihre Einkäufe fielen auf die Straße und kullerten über den Boden. Wie in Zeitlupe sah Kiki das entsetzte Gesicht des Straßenbahnfahrers, der mit voller Kraft auf die Bremse trat. Funken sprühten auf, als die Räder der Straßenbahn abrupt gestoppt wurden, dann kam die Straßenbahn zum Stehen.

Erst als Kiki die Hand von ihrem Mund nahm, um zu ihr zu stürzen, bemerkte sie, dass auch sie geschrien hatte. Sie erreichte den Kopf der Straßenbahn zeitgleich mit der Mutter. Sie keuchte vor Erleichterung, als sie sah, wie die Frau ihren unverletzten Sohn in die Arme schloss. Die Straßenbahn war nur wenige Zentimeter vor ihm zum Stehen gekommen.

»Ist alles in Ordnung?« Die Augen des Straßenbahnfahrers waren weit aufgerissen. Er kniete sich neben den kleinen Jungen und betastete dessen Arme und Beine. »Geht es dir gut?«

Der Junge, sichtlich unter Schock, nickte langsam und fing an zu weinen.

»Mir geht es gut«, presste er hervor. Die Mutter hob ihn hoch und trug ihn zurück zur Haltestelle. Der Straßenbahnfahrer holte ein paar Mal tief Luft und wischte sich mit dem Handrücken über die Stirn.

Erst jetzt bemerkte Kiki, wie gut er aussah. Das war noch untertrieben, er sah sogar ausnehmend gut aus. Groß, mit breiten Schultern, braunem Haar, das ihm verwegen in die Stirn fiel und mit sanften, ausdrucksstarken Augen.

»Sind Sie ok?«, fragte er, als sein Blick auf Kiki fiel. Kiki lächelte, da sie erst jetzt feststellte, dass sie ihn anstarrte.

»Ja, alles gut«, sagte sie. »Ich habe mich nur erschrocken.«

»Und ich mich erst«, sagte der Fahrer. »So etwas erlebt man nicht jeden Tag. Ich meine, sie bereiten uns darauf vor, dass Unfälle passieren, Suizide, Verrückte, aber das ist etwas ganz anderes, als wenn einem ein Kind auf einmal wirklich direkt vor die Bahn läuft.«

Er rang noch immer nach Luft. Sein Blick flog zu den ungeduldig wartenden Fahrgästen an der Haltestelle. In einiger Entfernung kam bereits die nächste Bahn. Dann schaute er zu der weinenden Mutter, die ihren Sohn umklammerte und aufgeregt auf ihn einredete und von einer Traube von Menschen umgeben war.

»Haben Sie den Vorfall gesehen?«, fragte der Fahrer.

»Ähm, ja«, sagte Kiki. »Der Junge ist einfach losgelaufen. Es ist ein Wunder, dass Sie noch rechtzeitig bremsen konnten.«

»Ja«, machte er. »Das wird sicher eine Untersuchung geben. Kann ich Sie als Zeugin angeben?«

Kiki war zuerst verwirrt, dann nickte sie. Sie griff in ihre Tasche und zog eine Visitenkarte heraus, die sie dem Mann reichte. Dieser nahm sie entgegen und tippte auf sein Namensschild.

»Kai«, sagte er. »Kai Störnerberg.« Dann huschte der Anflug eines Lächelns über sein Gesicht.

Im nächsten Moment war er schon zu der Mutter gelaufen, während er über Funk der Einsatzzentrale den Zwischenfall durchgab.

Kiki blieb mit klopfendem Herzen zurück und versuchte, sich zu beruhigen. Der Schock über den Beinahe-Unfall saß tief. Jede Müdigkeit war verflogen. Kurzerhand entschloss sie sich, den Rest der Strecke zu laufen, um ihre Gedanken zu ordnen.

Sie ging Richtung Schweizer Straße, diese war bei Einheimischen wie Touristen sehr beliebt. Hier gab es besondere Geschäfte, süße kleine Cafés und urige Kneipen und außergewöhnliche Restaurants.

Zu Hause angekommen, schlug ihr schon vor der Haustür der Geruch von Oma Giselas Frikadellen in die Nase. Im Flur streifte sie ihre Schuhe ab und ging auf Strümpfen in die Küche, wo Oma Gisela am Herd stand.

»Ich mache ein paar mehr, dann kannst du sie morgen mit auf die Arbeit nehmen«, sagte sie strahlend. Kiki gab ihr einen Kuss und ging zum Kühlschrank, aus dem sie halb volle Flasche Eierlikör nahm und an die Lippen setzte.

»Kind«, entfuhr es Oma Gisela. »Du siehst ja aus, als hättest du ein Gespenst gesehen. Was ist passiert?«

Kiki stellte die Flasche ab und verfolgte, wie die zähflüssige, zuckersüße Flüssigkeit langsam ihren Rachen herunterrann, um in ihrem Magen ein angenehmes Gefühl der Wärme zu verbreiten.

»Nichts Schlimmes«, sagte sie. »Ich hätte nur um ein Haar einen wirklich schrecklichen Unfall gesehen.«

»Ach, du meine Güte!«, rief Gisela.

Sie schaufelte gleich fünf Frikadellen auf einen Teller, gab einen großen Klacks Kartoffelsalat dazu und stellte beides auf den Küchentisch.

»Du musst erstmal etwas essen, du bist ja ganz blass um die Nase.«

Widerstandslos nahm Kiki auf dem ihr angebotenen Stuhl Platz und begann, mechanisch zu essen. Die Frikadellen schmeckten wirklich köstlich und nach und nach konnte sie spüren, wie ihre Lebensgeister zurückkehrten. Sie lobte Oma Giselas Kochkunst ausgiebig, dann fragte sie: »Und, hast du die E-Mail abgeschickt?«

Oma Gisela lief rot an.

»Nein, also, ich habe mich nicht getraut.«

Kiki runzelte die Stirn und klappte den Laptop auf. Oma Giselas Postfach war noch geöffnet.

»Aber hier steht, du hast sie versendet«, sagte sie zwischen zwei Bissen.

»Was?«, rief Oma Gisela entgeistert. »Aber ich war doch gar nicht fertig!«

»Doch«, bestätigte Kiki. »Du hast ihm insgesamt 16 E-Mails geschickt. In den meisten steht nicht mehr als LIEBER FRITZ.« Sie beugte sich tiefer über den bläulich leuchtenden Bildschirm.

»In dieser Mail steht REZEPT FÜR EIN ROMANTISCHES ABENDESSEN«, las sie vor. »Und hier STÜTZBODY AB GRÖßE 48. Oma?«

Oma Giselas Gesicht nahm die Farbe einer frisch geweißten Wand an.

»Oh, nein! Damit habe ich im Internet nach ein paar neuen Rezepten gesucht, so, wie du es mir gezeigt hast. Du weißt doch, bei Männern geht die Liebe durch den Magen. Und das mit dem Body war nur so eine Interessenfrage, weil die Helga jetzt seit neuestem so etwas hat. Shark Wer oder so nennt sie das.«

»Shape Wear«, verbesserte ihre Enkelin sie. »Du hast es ins Textfeld der E-Mail satt in das Suchfeld der Suchmaschine eingegeben, Anfängerfehler, Omi.«

Oma Gisela stemmte die Hände in die Hüften.

»Wer soll sich denn da noch auskennen? E-Mail, Suchmaschine, dann diese Nackten und lauter Nachrichten, die gar keine sind.«

Sie rang theatralisch mit den Händen. »Das ist, das ist - eine Katastrophe!« Aufgeregt lief sie in der Küche hin und her.

»Ich habe doch immer wieder auf den Pfeil geklickt, so wie du es mir gezeigt hast«, begann sie erneut, zu lamentieren.

»Oma«, sagte Kiki. »Mit diesem Pfeil versendest du die E-Mail. Löschen geht mit dem kleinen X hier.«

»Das hast du mir aber anders erklärt«, jammerte Gisela. Das kannte Kiki schon von ihren anderen »älteren« Kunden, da war Schweigen das erste Mittel der Wahl.

Sie ließ sich neben Kiki auf den Stuhl sinken und stützte das Kinn auf die Hände. Dabei machte sie ein Gesicht, als habe sie gerade von einem Todesfall erfahren, während sie unverständliche Wortbrocken vor sich hinmurmelte.

Kiki seufzte. »Das lässt sich jetzt nicht mehr ändern.«

»Aber was soll ich jetzt tun? Du bist doch IT-Profi, du musst diese ganzen Mehl-Dinger sofort löschen.«

Kiki schüttelte den Kopf. »Das geht nicht, Oma. Sie sind jetzt schon in seinem Postfach.«

»Sein Postfach? Das kannst du ja wohl hicken, oder wie man das nennt.«

»Hacken«, korrigierte sie Kiki, »und nein, das kann ich nicht.«

»Das gibt es doch nicht«, klagte Oma Gisela. »Dieses verdammte Internet, das macht aber auch alles kaputt. Und jetzt?«

»Jetzt schreiben wir ihm am besten eine richtige E-Mail, in der wir behaupten, wir hätten heute Probleme mit dem Server gehabt.«

Schlagartig hellte sich Oma Giselas Miene wieder auf.

»Ja, das klingt gut«, rief sie und klatschte in die Hände.
»Das hört sich an, als hätten wir mächtig Ahnung.«

Zum wiederholten Male an diesem Tag rollte Kiki mit
den Augen, dann machte sie sich daran, in Oma Giselas
Namen eine E-Mail an Fritz Lindemann zu verschicken,
in der sich Gisela für die Server-Probleme entschuldigte
und Fritz ganz arglos auf einen Kaffee einlud.

»So, erledigt«, stellte Kiki zufrieden fest, nachdem sie
auf »Senden« gedrückt hatte.

Oma Gisela seufzte erleichtert auf und verschränkte die
Hände zu einem kurzen Dankesgebet. Sie stand auf und
holte den Eierlikör aus dem Kühlschrank.

»Also, ich sage dir, wenn das mit diesem Internet so
weiter geht, dann werde ich noch zu einer richtigen
Schnapsdrossel«, sagte sie, während sie sich und Kiki ein
kleines Glas einschenkte. »Ich meine, das ist doch nicht
gut für die Nerven. Beim Telefon oder einem Brief kann
einem das nicht passieren.«

Kiki prostete ihr zu und nippte an dem Eierlikör.
Eigentlich war ihr nach der ganzen Aufregung eher nach
einem Glas Wein zu Mute, doch der Eierlikör tat auch
seine Wirkung.

»Nun, Kindchen, jetzt erzähl mir mal von deinem Tag. Was ist passiert, dass du so spät nach Hause gekommen bist?«, fragte Gisela und tätschelte Kikis Arm. »Hast du jemand Nettes kennengelernt?«

In Kikis Augen trat ein Leuchten und sie lächelte geheimnisvoll.

»Könnte man so sagen«, antwortete sie vieldeutig.

Sofort war Oma Gisela ganz bei der Sache.

»Oh, wie aufregend! Du musst mir alles erzählen! Wie sieht er aus? Wo habt ihr euch getroffen? Fährt er ein schickes Auto?«

Kikis Lächeln wurde noch eine Spur breiter. Fast kam sie sich ein wenig albern vor, doch der Gedanke an Kai sorgte für ein längst vergessenes Kribbeln in ihrem Bauch. Seine Augen, erst groß vor Schreck, dann vor Erleichterung, die bezaubernden Grübchen und diese widerspenstige Locke, die ihm die ganze Zeit in die Stirn gefallen war.

»Und was für eines«, antwortete sie schließlich. »Ein richtig großes, eines der größten in der ganzen Stadt.«

»Und hat er einen wichtigen Job? Ist er so ein richtiger Boss?«, fragte Gisela weiter.

»Absolut!«, nickte Kiki. »Er trägt richtig viel Verantwortung und arbeitet für eines der größten Unternehmen in Frankfurt«, lachte Kiki.

»Nein!«, machte Gisela und schlug sich mit der Hand vor die Brust. »Das muss ich sofort Helga erzählen, die fällt vom Stuhl.«

Sie sprang auf und verschwand im Flur. Obwohl sie jetzt ein tragbares Telefon hatten und nicht mehr eines mit Schnur, führte sie ihre Telefonate noch immer im Flur auf der kleinen, ungemütlichen Holzbank, so, wie sie es die letzten 50 Jahre getan hatte.

Kiki in der Küche angelte sich die letzte Frikadelle mit den Fingern und verspeiste sie genüsslich, während sie ihre Füße auf den Stuhl ihr gegenüber legte.

Dann öffnete sie die Suchmaschine und tippte in das Suchfeld Kais Vor- und Nachnamen ein. Eine Vielzahl von Suchergebnissen ploppte auf und es dauerte eine Weile, bis Kiki »ihren« Kai unter ihnen herausgefiltert hatte. Der Zusatz »Frankfurt« und sein Arbeitgeber halfen dabei.

»Habe ich dich«, flüsterte Kiki, als Kais Profilbild auf dem Bildschirm auftauchte.

Er trug Arbeitskleidung und lächelte etwas unbeholfen, fast schüchtern in die Kamera. Kiki scrollte durch die Suchergebnisse und fand schließlich Kais Profile in diversen sozialen Netzwerken. Über Datensicherheit schien er sich nicht viele Gedanken zu machen, so wie die meisten Privatpersonen, doch ausnahmsweise war Kiki das mehr als Recht, immerhin hatte sie so die Gelegenheit, mehr über ihn herauszufinden. Sie erfuhr, dass er aller Wahrscheinlichkeit nach keine Freundin, Frau oder Kinder hatte, denn auf allen Bildern war nur er mit Freunden oder seinem Hund zu sehen. Ein Bild zeigte ihn mit einer freundlich lächelnden älteren Dame, die ihm zum Verwechseln ähnlich sah.

»Vermutlich deine Mutter«, murmelte Kiki grinsend. Seine Fotos verrieten ihr, dass er gerne Football spielte, am liebsten alleine auf Wandertouren in unwirtlichen Gebieten wie Island ging und eine große Sammlung alter Comics hatte.

Mit jedem Bild, das sie sich ansah, wurde das Kribbeln in ihrem Bauch stärker und das flaue Gefühl der Angst, das sie seit dem Vorfall am Südbahnhof in seiner Gewalt gehalten hatte, verschwand. Je mehr sie über Kai Störnerberg erfuhr, umso größer wurde ihre Lust darauf, ihn bald wieder zu sehen. Ob es ihm genauso ging? Immerhin hatte er ja ihre Nummer.

»Mach dich nicht lächerlich«, schalt sich Kiki selbst. In diesem Moment verkündete das Vibrieren ihres Handys, dass sie eine Textnachricht erhalten hatte. Sie zog es aus ihrer Tasche und ihr Herz machte einen kleinen Hüpfer, als das Startdisplay verriet, dass sie von einer unbekannten Nummer stammte.

ICH HOFFE, DU HAST DEN SCHOCK GUT VERKRAFTET, stand da. DANKE FÜR DEINE HILFE. KAI.

3. Surfst du schon oder suchst du noch?

»Und den Fritz hast du über das Internet gefunden?«
Helga runzelte nachdenklich die Stirn. Zu dritt saßen
Helga, Inge und Gisela in Giselas Küche und ließen sich
zum Gugelhupf ein Glas Sekt schmecken.

»Ja, Kiki hat seinen Namen in das Suchfeld eingegeben
und schwupps, hatten wir ihn gefunden. Ich habe ihm
eine E-Mail geschrieben!«

Giselas Stolz über ihre neuerlernten Fähigkeiten im
Zusammenhang mit dem Internet war nicht zu überhören.

»Ich habe gehört, man kann sich da was Schlimmes
einfangen, so Bazillen«, meldete sich Inge zu Wort, die
schon immer ein wenig ängstlich gewesen war.

»Ja, aber Kiki sagt, wenn man vorsichtig ist, dann kann
da nichts passieren. Wir haben so eine Wand vor
unserem Netz.«

»Eine was?« Helgas Gesicht wurde immer kritischer,
doch Gisela ignorierte es. Immerhin hatten ihre
Freundinnen noch viel weniger Ahnung vom Internet als
sie und sie nahm nun schon seit ein paar Tagen Nachhilfe
bei Kiki und hatte eine Menge gelernt.

»Ach, irgendsoetwas, damit die Viren nicht
durchkommen. So heißt das nämlich richtig!«, erklärte
Gisela.

»Mensch, Gisela, du kennst dich ja richtig aus!«, bemerkte Inge anerkennend und Gisela wurde noch ein paar Zentimeter größer.

»Und du sagst, man kann da einfach jeden finden?«

Gisela zuckte mit den Achseln.

»Ich denke schon.«

»Such mal nach Erika Korkmann! Mit der bin ich früher zur Schule gegangen, ein ganz ausgebufftes Luder war das«, sagte Helga. »Sie hat sich immer hinten mit Kajal so einen Strich auf die Beine gemalt, damit es aussah, als trüge sie Nylonstrümpfe, dabei konnte sie sich die gar nicht leisten.«

Inge warf Helga einen mahnenden Blick zu.

»Keiner konnte das nach dem Krieg. Ich habe mir meine immer mit Nagellack geflickt, wenn ich eine Laufmasche hatte.«

Helga machte ein verächtliches Gesicht und Gisela beeilte sich, die beiden davon abzuhalten, sich wie so oft zu streiten.

Mit zwei Fingern tippte sie den Namen »Erika Korkmann« in die Suchmaschine. Eine ganze Reihe von Einträgen und Fotos tauchte auf.

»Oh, wow! Ich wusste gar nicht, dass es diesen Namen so oft...«

»Da!«, unterbrach sie Helga. »Das ist sie. Dieses Gesicht würde ich in 100 Jahren nicht vergessen. Guck sie dir an, sie macht noch immer so eine Zickenschnute wie damals!«

Sie wies auf das Foto einer weißhaarigen Frau mit einem bunten Schal um den Kopf. Gisela klickte auf den Link unter dem Foto.

»Hier steht, dass sie eine bekannte Künstlerin geworden ist. Sie hat Ausstellungen in London und New York...«, las Gisela vor.

»Pah, das ist doch alles erfunden!«, schnaubte Helga. »Die und Kunst? Die einzige Kunst, die sie beherrschte, war die Horizontale...«

»Es genügt«, schnitt ihr Gisela entschlossen das Wort ab. »Wir können uns sehr gut vorstellen, was du damit meinst. Jedenfalls hat Erika nie geheiratet und ist ihr Leben lang um die Welt gereist. Klingt, als hätte sie es ziemlich gut. Darüber solltest du dich freuen und nicht immer so gehässig sein.«

Helga verdrehte die Augen.

»Mein Gott, Gisela, dass du aber auch immer so schrecklich anständig sein musst«, sagte sie und verschränkte die Arme vor der Brust.

»Jedenfalls habe ich den Fritz wiedergefunden, im Internet. Und ich habe ihm eine E-Mail geschrieben«, erklärte Gisela, ohne auf Helgas Bemerkung einzugehen.

»Den Fritz?!« Helga beugte sich auf ihrem Sitz nach vorne. »Den von damals? Der war immer so schick – und tanzen konnte er!« In der Erinnerung daran geriet sie richtig in das Schwärmen, was bei Gisela für einen Anflug von Eifersucht sorgte.

»Du hattest schon immer ein Auge auf ihn geworfen«, sagte sie, nun ihrerseits schnippisch. Helga machte ein empörtes Gesicht.

»Ich denke, wir sollten uns nicht streiten. Es ist doch toll, wenn wir jetzt nach lauter Leuten von früher suchen können«, versuchte Inge zwischen ihren Freundinnen zu vermitteln. »Helga, wie hieß noch dieser Italiener, mit dem du dich damals getroffen hast? Dein Vater war ganz außer sich, das weiß ich noch.«

Helga errötete leicht und senkte die Augen.

»Toni hieß der, Toni Valentino aus Padua. Das war ein Charmeur, ein richtiger Kavalier, war das. Der wusste noch, wie man eine Frau behandelt, ganz anders als die sauertöpfischen Jungs hier aus der Stadt.«

»Ich weiß noch, dass du damals mit ihm ausreißen wolltest, zurück nach Bella Italia«, sagte Inge. »Ganz verrückt warst du nach ihm! Warum hast du es dann doch nicht gemacht?«

»Ach«, machte Helga und zupfte einen unsichtbaren Fussel von ihrem Knie. »Naja, dann kam mein Dieter und der hatte ja schon den Schreinerbetrieb und dann...«

»... dann war es leichter, sich in das gemachte Nest zu setzen, als mit dem Italiener in den Sonnenuntergang zu segeln«, scherzte Inge und Helga warf ihr einen wütenden Blick zu.

»Hier, ich habe ihn gefunden«, meldete sich Gisela zu Wort und öffnete eine Seite auf einem sozialen Netzwerk. Ein rundlicher Mann mit dunklen Augen lächelte in die Kamera.

»Der Toni hat jetzt sieben Enkel«, sagte sie. »Und hatte vor Kurzem eine Hüft-OP.«

»Ehrlich?« Helga beugte sich über den Bildschirm.

»Oh, er sieht noch genauso aus wie früher. Ein bisschen dicker und ein bisschen weniger Haare, aber hübsch ist er immer noch.«

»Und verheiratet!«, warf Gisela ein.

»Na, und? Das könnte dein Fritz doch auch sein.« Helga griff nach ihrem Glas und nippte daran.

»Italien ist ja auch ganz schön weit weg«, gab Inge zu bedenken. »Vielleicht solltest du dich lieber auf jemanden hier in der Nähe konzentrieren. Die Maria vom Blumenladen, die hat ihren Mann im Internet kennengelernt, auf so einer Dating-Seite.«

Sie schaute zu Gisela.

»Hat die Kiki dir dazu vielleicht auch was erzählt?«

Gisela schüttelte den Kopf.

»Nicht, dass ich wüsste, aber ich kann sie fragen. Sie weiß bestimmt, wie man das macht.«

Helga gab sich betont desinteressiert, doch Gisela kannte ihre langjährige Freundin gut genug, um zu wissen, dass das nicht stimmte. Seit Helgas Mann Dieter vor drei Jahren verstorben war, war Helga einsam und wünschte sich einen Mann an ihrer Seite oder zumindest einen Liebhaber, auch wenn sie das niemals zugeben würde.

»Hat dir denn der Fritz schon geantwortet?«, wollte Inge wissen.

»Nein«, gestand Gisela. »Aber vielleicht schaut er auch nicht ständig in sein Postfach.«

Sie wollte nicht, dass ihre Freundinnen bemerkten, dass sie seit dem Abschicken der E-Mail mehrmals am Tag in ihren E-Mail-Account schaute, nur um festzustellen, dass es von Fritz noch keine Antwort gab.

»Vielleicht hat er auch einfach keine Lust, zu antworten«, sagte Helga und leerte ihr Sektglas mit nur einem Schluck.

»Guten Morgen, mein Name ist Kerstin Liebert und ich bin hier, um Sie in Sachen Digitalisierung auf den neuesten Stand zu bringen.« Kiki deutete mit dem Pointer auf die erste Folie ihrer Präsentation. Sie stand mit etwa 12 Angestellten im obersten Stock des Rathauses eines Frankfurter Vororts, mit direktem Blick auf die Skyline von Frankfurt.

Vor ihr saßen rund 20 Mitarbeiter aus verschiedenen Abteilungen der Stadtverwaltung, mit denen sie in den nächsten Tagen ein Training durchführen sollte. Im Anschluss sollten diese Mitarbeiter dann als »Digital Scouts« in ihren Abteilungen für eine effizientere Nutzung digitaler Lösungen sorgen.

»In der ersten Stunde werden wir darüber sprechen, was Digitalisierung eigentlich bedeutet und welchen Nutzen Sie als Mitarbeiter einer öffentlichen Verwaltung davon haben. Im Anschluss...«

Ein Mann in Jeans hob die Hand. »Um halb zehn haben wir Frühstückspause«, sagte er.

»Ok, ähm, ja, danke für die Info. Dann werden wir das eben nach der Pause machen«, sagte Kiki.

»Den Nachmittag werden wir mit dem Thema Datenschutz verbringen.«

Wieder hob der Mann die Hand.

»Ja?«

»Um 12 haben wir Mittagspause, und um 16 Uhr ist Schluss«, erklärte der Mann.

»Prima, dann haben wir ja jede Menge Zeit, um die wichtigsten Inhalte...«

»Also, um ehrlich zu sein, habe ich keine Ahnung, warum ich hier bin«, sagte ein anderer Mann mit Glatze und einer Brille in der Stärke eines geschliffenen Aschenbechers. »Ich arbeite unten im Archiv und bin dort für Protokolle der Stadtverordnetensitzungen zuständig.«

»Ein gutes Stichwort«, sagte Kiki. »Digitale Aktenverwaltung. Sie werden staunen, welche Möglichkeiten Ihnen offen stehen, wenn das Archiv in Teilen oder vielleicht auch ganz digitalisiert wird. Stellen Sie sich vor, Sie könnten in Zukunft mit nur einer Anfrage alle Akten mit dem Stichwort BAHNHOF finden und diese nach Belieben sortieren. Wäre das nicht eine erhebliche Entlastung für Sie?«

Der Mann mit der starken Brille schürzte die Lippen und schwieg einen Moment. Dann sagte er: »Ich arbeite seit

25 Jahren hier und anfangs habe ich die Berichte noch auf der Schreibmaschine geschrieben. Als dann die Computer kamen, habe ich gelernt, sie in den Computer zu tippen. Aber ich sage Ihnen, das gibt nur Ärger. Das System, das wir verwenden, kann die Aktennummern nicht richtig anlegen, das müssen wir alles händisch machen. Und jetzt sagen Sie, ich soll schon wieder etwas Neues lernen, was es angeblich besser macht? Für mich klingt das nur nach noch mehr Aufwand. Ich habe keine Ahnung, ob Sie das wissen, aber wir leiden an chronischem Stellenmangel. Ich bin in der Gewerkschaft und da wird man sehr genau prüfen, ob uns dieser zusätzliche Arbeitsaufwand überhaupt zuzumuten ist.«

Kiki biss sich auf die Unterlippe und holte tief Luft.

»Ich kann gut verstehen, was in Ihnen vorgeht. Sicherlich haben Sie das Gefühl, dass die Digitalisierung für Sie eine große Herausforderung ist und erst einmal nach sehr viel Aufwand klingt, doch ich lade Sie ein, mit mir einen Perspektivwechsel vorzunehmen und stattdessen den Fokus darauf zu richten, wie viel Arbeit digitale Anwendungen Ihnen in Zukunft abnehmen, damit Sie Zeit für die wirklich wichtigen Dinge haben.«

Kiki versuchte es mit einem Lächeln, doch die Front der verschlossenen und abweisenden Gesichter vor ihr machte das nicht leichter. Sie holte tief Luft, dann klickte auf die nächste Folie, die mit DIGITALISIERUNG,

WAS IST DAS überschrieben war und begann mit ihrem Vortrag.

Punkt halb zehn standen alle Teilnehmer auf und verließen den Konferenzraum in Richtung Cafeteria. Kurz überlegte Kiki, ob sie sich dort einen richtigen Kaffee kaufen sollte, doch der Blick auf die lange Schlange ließ sie davon Abstand nehmen. Stattdessen öffnete sie die Tür und trat hinaus auf die Terrasse oben im 13. Stock, die einen atemberaubenden Blick auf Frankfurt ermöglichte und von den Mitarbeitern zum Rauchen genutzt wurde.

Die Sonne schien hell und warm und der Main schlängelte sich als blaues Band am Rathaus vorbei. Kiki schloss die Augen und genoss die Sonnenstrahlen, dann zog sie ihr Handy hervor. Rasch scrollte sie durch einige Benachrichtigungen und E-Mails, bis sie plötzlich an einer Nachricht hängen blieb.

HI KERSTIN, HIER IST KAI. MEIN CHEF WÜRDE GERNE MIT DIR SPRECHEN, DAMIT DU BESTÄTIGST, WIE DAS MIT DEM UNFALL WAR. ZUM DANK LADE ICH DICH AUCH ZUM ESSEN EIN.

Kiki lächelte und schon war dieser Tag nur noch halb so anstrengend wie zuvor.

HALLO KAI, schrieb sie zurück. VIELEN DANK. KLAR, DAS KANN ICH MACHEN, ABER AM

BESTEN BRIEFST DU MICH VORHER KURZ. HEUTE ABEND SCHON ETWAS VOR?

Wieder biss sie sich auf die Unterlippe. Ging sie zu forsch vor? Doch Kiki war noch nie der Typ Frau gewesen, der Prinzessin spielte und auf den Ritter in der schimmernden Rüstung wartete, der sie aus ihrem Dornröschenschlaf erweckte. Kai gefiel ihr, warum also Zeit verschwenden? Und noch war doch alles ganz unverfänglich.

TREFFEN WIR UNS UM 19 UHR IN DER SANDBAR?

Kikis Lächeln wurde noch eine Spur breiter.

GERNE, tippte sie zurück.

Dann öffnete sie die Suchmaschine auf ihrem Handy und gab erneut Kais Namen ein. Sie scrollte durch die Bilder und Suchergebnisse, bis sie auf einmal an einem Video hängen blieb, das ihr gestern auf dem Laptop nicht angezeigt worden war.

BETRUNKENER IDIOT VERURSACHT BEINAHE EINEN VERKEHRSUNFALL.

Kiki runzelte die Stirn, dann öffnete sie das Video. Es war eine verwackelte Handyaufnahme und sicherlich auch schon gut zehn Jahre alt. Eine Straße war zu sehen, es war dunkel und der Asphalt glänzte nass. Neonlichter leuchteten, dazwischen Autos und dann kam eine Gestalt in das Sichtfeld. Das Gesicht war kaum zu erkennen, doch die Person torkelte.

Belustigte Kommentare waren zu hören, dann konnte Kiki das Gesicht sehen. Es handelte sich um Kai, wenn auch mindestens ein Jahrzehnt jünger. Es schmerzte sie, zu sehen, wie jung er damals gewesen war, jung und wohl auch naiv.

»Ich kenne den Typ«, sagte eine Stimme. »Das ist Kai Störnerberg.«

»Kai? Ja, stimmt, der will doch Straßenbahnfahrer werden. Na, bei dem Promillegehalt wird das wohl kaum hinhauen.«

Der Kai in dem Video schwankte auf die Gruppe, die ihn filmte, zu, dann blieb er stehen. Erst fürchtete Kiki, dass er sich vor laufender Kamera übergab, doch stattdessen vollführte er eine abenteuerliche Drehung und lief dann einfach in den fließenden Verkehr. Autos hupten und wichen ihm aus. Kiki hielt die Luft an, doch dann hatte er es auf die andere Straßenseite geschafft, wo er in der Dunkelheit verschwand.

Kiki schaltete das Display aus und holte tief Luft.

»Der Tag heute wird ja immer besser«, sagte sie, dann wandte sie sich um und ging nach drinnen, wo ihre Trainingsgruppe bereits auf sie wartete.

Gisela spülte gerade das restliche Geschirr von ihrem morgendlichen Kaffeekränzchen, als es an der Tür klingelte. An einem Küchenhandtuch trocknete sie sich die Hände ab und ging dann zur Tür.

Als sie sie öffnete, stand davor ein junger Mann mit Baseball-Kappe, schlaksig, mit braunen Haaren und blauen Augen.

»Oma!«, rief er. »Ich bin so froh, dass ich dich endlich wiedersehe.« Er streckte seine Arme aus und versuchte, Gisela zu umarmen, die vor ihm zurückwich.

»Wer sind Sie?«, fragte sie irritiert und wich vor ihm zurück. »Ich kenne Sie nicht.«

»Aber Oma! Wirst du langsam dement? Ich bin es, Boris, dein Enkelsohn! Das letzte Mal, als ich hier war, war ich vier.«

Giselas Gesicht verfinsterte sich.

»Ich habe keinen Enkel und schon gar keinen, der Boris heißt. Verschwinden Sie sofort von hier!«

»Omi, du wirst mich doch nicht einfach wieder wegjagen! Ich bin den ganzen weiten Weg von Bali hierher gekommen, um dich wiederzusehen!«, sagte der Mann und lächelte dabei breit. »Willst du mich nicht wenigstens hineinbitten und mir eine Tasse Kaffee anbieten? Oder ein Glas Wasser? Ich komme direkt vom Flughafen.«

Mit diesen Worten versuchte er, sich an Gisela vorbei in das Innere des Hauses zu drängen. Gisela sah ihn empört an, doch sie reagierte blitzschnell. Sie schob ihr Bein vor, so dass er in das Stolpern geriet und lang hinfiel.

»Ganz sicher bekommst du von mir kein Glas Wasser!«, rief sie. Dann lief sie um den stöhnend am Boden liegenden Mann herum und packte ihn an seinem rechten Bein. Kraftvoll zog sie daran.

»Hey!«, protestierte der Fremde. »Oma, was machst du denn da?«

»Du verschwindest jetzt hier, sonst rufe ich die Polizei. Von solchen wie dir habe ich im Fernsehen gehört, ihr wendet den Enkeltrick an, um arme Senioren um ihre letzten Ersparnisse zu bringen.«

Sie zog und zerrte an ihm, bis die Tür frei war, dann war sie mit einem Satz wieder zurück im Flur und schlug mit voller Wucht die Tür zu. Zitternd ging sie zum Telefon und wählte die Nummer der Polizei.

Durch das Sichtfenster in der Tür konnte sie beobachten, wie der Mann wieder auf die Füße kam und dann fluchtartig das Grundstück verließ. Zufrieden beobachtete, wie er die Straße entlang floh und dann aus ihrem Blickfeld verschwand.

»Der kommt so schnell nicht wieder«, sagte sie triumphierend.

»Hallo, Polizei? Ja, ich möchte einen Betrugsversuch melden.«

»Eine Cloud ist so etwas wie ein virtueller Speicher. Immer mehr Unternehmen und auch Privatpersonen setzen inzwischen auf das Speichern in der Cloud. Die Vorteile liegen auf der Hand: Alle Daten sind jederzeit und auch mobil verfügbar und die Speicherkapazität ist sehr viel höher als zum Beispiel bei hauseigenen Servern«, führte Kiki aus.

»Das heißt, wir müssen schon wieder einen neuen Ablauf lernen?«, meldete sich eine Frau mittleren Alters mit einem grauen Zopf zu Wort. »Wer soll sich das noch alles merken? Passwörter, Vorgehen... also, mir ist das zu viel!«

Zustimmendes Gemurmel erhob sich.

»Ich kann verstehen, dass der erste Kontakt mit der Digitalisierung erst einmal für Abwehr sorgt, doch Fakt ist...«

»Hören Sie, Sie kommen hierher mit Ihrem schicken Kostüm und Ihrer PowerPoint-Präsentation und werfen mit diesen ganzen Begriffen um sich, Sie haben doch gar keine Ahnung davon, wie die Arbeit in einem Amt oder in einem Rathaus so abläuft.

Das hier ist nicht Fraggle und auch nicht Peoplebook, sondern hier geht es um ernsthafte Angelegenheiten. In den letzten Jahren sind hier bestimmt zehn Leute gewesen, die alle das Gleiche erzählt haben, wie Sie. Noch dazu ist die IT-Abteilung die Einzige hier im Haus, die kontinuierlich neue Mittel und Mitarbeiter bekommt, während wir anderen in die Röhre gucken. Und nun sollen wir deren Quatsch noch zusätzlich erledigen? Ich sehe es wie mein Kollege, das soll die Gewerkschaft erst einmal prüfen und im Zweifel müssen wir dagegen vorgehen. Wenn die wollen, dass wir mehr arbeiten, dann brauchen wir mehr Personal und mehr Zeit.«

Ein untersetzter Mann im T-Shirt funkelte Kiki aufgebracht an. Die anderen Mitarbeiter pflichteten ihm bei. Kiki schloss für einen Moment die Augen. Nicht zum ersten Mal an diesem Tag wünschte sie sich weit weg.

Als sie den Auftrag angenommen hatte, hatte sie gewusst, dass es schwierig werden würde. Mitarbeiter von Behörden waren besonders hartnäckig, wenn es darum ging, sich der Digitalisierung zu öffnen und hier im Rathaus war man die Sache lange genug nicht richtig angegangen.

Statt einer zentralen Digitalisierungsstrategie hatte man es den einzelnen Ämtern überlassen, wie und was sie digitalisierten. Schon vor Jahren war auf Befehl von oben eine Software eingeführt worden, die in vielen anderen Unternehmen bereits seit Jahren erfolgreich im Einsatz war. Dort konnte man Dokumente ablegen, mit anderen Mitarbeitern chatten und Termine vereinbaren.

Das Problem: Bislang nutzte kaum ein Mitarbeiter im Haus diese Software, so dass diese bereits schon wieder veraltet war und man nun vor der Frage stand, wie man weiter verfahren wollte. Immerhin hatte jemand auf der obersten Leitungsebene erkannt, dass es hier weniger um Anwendungen als um das Mindset der Menschen ging. Wenn die Mitarbeiter nicht davon überzeugt werden konnten, sich der Digitalisierung mit Neugier und Bereitschaft zu öffnen, dann war jedes weitere Projekt zum Scheitern verurteilt.

Auf lange Sicht war das keine Lösung: Immerhin war die Digitalisierung nicht aufzuhalten und immer mehr Bürger erwarteten von den Behörden, auch digitale Angebote zu schaffen. Kurz gesagt: Die Stadtverwaltung lief Gefahr, von der Digitalisierung abgehängt zu werden.

»Betrachten wir die Sache aus Mitarbeitersicht«, sagte Kiki, nachdem sie die Augen wieder geöffnet hatte.

»Sie haben Recht damit, dass jede neue Anwendung eine gewisse Zeit braucht, in der man lernt, wie man mit ihr umgeht. Aus meiner Erfahrung kann ich Ihnen sagen, dass diese Zeit in der Regel sehr viel kürzer ist, als man vorher annimmt und dass es sich lohnt, sich auf Neues einzulassen. Digitale Lösungen sparen Zeit und Nerven, sie sind flexibel, zuverlässig, sie sind generalisiert und sie machen Spaß, auch wenn Sie sich das vielleicht jetzt noch nicht vorstellen können.

Greifen wir das Beispiel mit der Cloud noch einmal auf. Cloudbasierte Lösungen erleichtern es zum Beispiel, Home Office Arbeitsplätze einzurichten. Bislang können Sie viele Dateien nur speichern, wenn Sie sich im Netz hier im Rathaus befinden. Stellen Sie sich vor, das fiele weg, und Sie könnten jederzeit von unterwegs und von zu Hause aus auf Daten zugreifen oder diese ablegen, und zwar so, dass Ihre Kollegen hier im Rathaus ebenfalls jederzeit darauf Zugriff haben. Ich weiß, dass das Thema Home Office für viele von Ihnen von Bedeutung ist. Mit der Cloud rückt es ein Stück näher.«

Feindseliges Schweigen schlug ihr entgegen, die Gesichter der Anwesenden waren ausdruckslos. Kiki spürte deutlich, dass es ihr heute nicht gelungen war, zu ihnen vorzudringen.

Seufzend beendete sie den heutigen Trainingstag und verabschiedete die Teilnehmer in den Feierabend.

»Du arbeitest also als IT-Trainerin?«, fragte Kai. Kiki und Kai saßen in bequemen Strandstühlen, die man dekorativ zwischen Palmen auf dem künstlichen aufgeschütteten Sand vor der Bar aufgestellt hatte. Im Licht der untergehenden Sonne und mit einem Cocktail in der Hand kam hier durchaus Urlaubsfeeling aus.

»Ja, das ist richtig«, sagte Kiki, die gerade an ihrem Hugo nippte.

»Bestimmt kein leichter Job, vor allem...«, Kai brach ab und lächelte.

»Vor allem als Frau?«, fragte Kiki und hob eine Augenbraue.

»Ja, das meinte ich, aber ich hatte Angst, dass du es falsch verstehen könntest. Ich meine damit nicht, dass Frauen von IT keine Ahnung haben, sondern dass Männer, die Ahnung von IT haben, meistens Arschlöcher sind und Frauen nicht ernst nehmen.« Er zwinkerte ihr zu und Kiki dachte darüber nach, dass sie ihn mit jeder Sekunde, die verstrich, noch ein kleines bisschen mehr mochte.

Kai nippte an seiner alkoholfreien Pina Colada. Überrascht hatte Kiki registriert, dass er keinen Alkohol trank. Ob das eine Spätfolge des Videos war, das sie am Vormittag gefunden hatte? Während sie Kais Gesicht betrachtete, dachte sie darüber nach, ob und wie sie das Video ansprechen sollte. Sicherlich wäre es ihm peinlich, wenn sie es wüsste, doch sie fragte sich, ob er wusste, dass es Möglichkeiten gab, ein solches Video löschen zu lassen. Kiki überlegte fieberhaft, wie sie das Thema darauf bringen sollte. Auf keinen Fall wollte sie ihn vor den Kopf stoßen.

»Ich mag meinen Job sehr gerne, weil er die beiden Dinge verbindet, die mir am wichtigsten sind: Technik und Menschen. In der Reihenfolge!«, sagte sie laut und sie lachten beide.

»Du weißt auf jeden Fall, was du willst«, sagte Kai und Kiki konnte die Anerkennung hören, die in seiner Stimme lag.

»Was ist mit dir? Wolltest du schon immer Straßenbahnfahrer werden?«

Kai grinste und schüttelte den Kopf.

»Nein, eigentlich wollte ich Profifußballer werden. Ich war auch ganz gut, aber dann bin ich mit 19 mit dem Fuß umgeknickt und das war es dann. Ich habe dann kurz überlegt, ob ich irgendetwas Handwerkliches lernen wollte. Mein Traum war es immer, irgendwann um die Welt zu ziehen, mal in Kanada zu arbeiten, mal in Neuseeland.«

Er fuhr sich mit der Hand durch das Haar; eine hinreißende Geste, wie Kiki fand.

»Aber dann las ich die Anzeige von den Verkehrsbetrieben und habe mir gedacht, ich probiere es einfach mal. Tja und das hat dann auch gleich funktioniert. Seither ist es mein Traumjob. Ich meine, ich habe nichts mit Menschen zu tun, auch wenn ich sie hin- und herfahre, und ich kann den ganzen Tag über genau die Dinge nachdenken, auf die ich Lust habe. Immerhin fährt der Wagen auf Schienen.«

Er lächelte breit und entblößte eine Reihe perfekter, weißer Zähne. Kiki nahm noch einen Schluck von ihrem Hugo.

»Wohnst du schon immer in Frankfurt?«, fragte er sie.

Kiki schüttelte den Kopf. »Nein, ich bin erst wieder hierher gezogen.« Der Gedanke an Holger ließ sie schmerzhaft das Gesicht verziehen.

»Scheidung?«, fragte Kai, der sie neugierig ansah.

Wieder schüttelte Kiki den Kopf.

»Nein, eine Trennung.« Sie warf das Haar zurück und straffte unwillkürlich die Schultern, als das Gespräch auf Holger kam.

»Trennungen sind immer scheiße«, bemerkte Kai. Er prostete ihr mit dem Cocktail zu.

»Ich bin auch geschieden«, erklärte er. »Wir haben zwei Kinder, Lilly und Ben. Ich liebe die beiden über alles.

Zwischen meiner Ex und mir war es lange nicht einfach, aber inzwischen kommen wir klar. Mir hat es natürlich nicht gefallen, dass sie mit den Kindern zurück zu ihren Eltern nach Bochum ist, immerhin sind das fast drei Stunden Fahrt von hier aus. Aber aufhalten konnte ich sie auch nicht.

Jetzt fahre ich zu den Kindern, so oft ich kann. Leider ist das durch den Schichtdienst nicht oft genug.«

Er presste die Lippen aufeinander.

»Wie alt sind deine Kinder?«, wollte Kiki wissen.

»Ben ist acht und Lilly ist fünf.« Kai zog sein Handy aus der Tasche und zeigte Kiki einige Fotos seiner Kinder. Unverkennbar lagen Stolz und Liebe auf seinem Gesicht und Kiki fand beides unfassbar attraktiv. Er war so ganz anders als die geleckten Anzugtypen, mit denen sie sonst zu tun hatte, bodenständig, ehrlich, irgendwie erfrischend normal.

»Hast du Kinder?«, fragte er.

Kiki wich seinem Blick aus.

»Nein, keine Kinder.« Der Schmerz, der in ihrer Brust aufflammte, war kurz und heftig. Sie hatte sich immer Kinder gewünscht und Holger hatte behauptet, dass er das auch tat, doch immer wenn das Gespräch darauf gekommen war, war er ihr ausgewichen. Der Umstand, dass sie Mitte 30 war und gerade frisch getrennt, machte es nicht leichter, über dieses Thema zu sprechen. Sie hoffte, dass Kai ihr das nicht anmerkte, schließlich sollte er sie nicht für eine Mittdreißigerin mit Torschlusspanik halten.

»Naja, was nicht, ist, kann ja noch werden!«, sagte er und lächelte sein einnehmendes Lächeln. »Unser Ben kam auch völlig unverhofft, aber dafür haben wir uns umso mehr über ihn gefreut. Vermutlich hätten wir gar nicht geheiratet, wenn er nicht unterwegs gewesen wäre, aber ich finde, ein Kind ist der schönste Grund, um zu heiraten.«

Sein Blick wanderte über Kikis Gesicht, behutsam, aber dennoch forschend. Kiki ließ es geschehen und tat so, als bemerkte sie es nicht.

»Also, an was für einem interessanten Projekt arbeitest du gerade? Entwickelst du gerade eine neue Supersoftware? Oder ist es etwas total Geheimes?«

Kais Augen blitzten.

»Im Moment bringe ich einem Haufen Mitarbeiter der öffentlichen Verwaltung bei, dass sie sich vor der Digitalisierung nicht fürchten müssen.«

Kiki seufzte.

»Klingt nach einem schwierigen Job«, sagte Kai.

»Mehr so MISSION IMPOSSIBLE«, antwortete Kiki und sie lachten beide.

»Sie haben mit bemerkenswerter Wachsamkeit reagiert, Frau Liebert«, sagte der junge Polizist, der zu Oma Gisela nach Hause kam, um die Anzeige gegen den Betrüger aufzunehmen.

»Sie sagen, Sie wussten von dem Enkeltrick aus den Medien?«

Gisela nickte heftig.

»Ja, genau, da kam etwas im Fernsehen bei Aktenzeichen XY. Das schaue ich mir immer an. Daher wusste ich, dass dieser Kerl auf keinen Fall mein Enkel sein konnte. Ich habe nur eine Enkelin und die heißt Kiki. Unverschämt, mit den Gefühlen der alten Leute so zu spielen. Es gibt genug, die sich sehnsüchtig wünschen, dass sie Enkel haben oder keinen Kontakt zu ihren Kindern haben. Wenn dann jemand auftaucht und behauptet, er sei der Enkel, dann wollen sie das vielleicht irgendwie glauben, auch wenn sie tief in sich wissen, dass es nicht stimmt. So etwas Grausames!«, empörte sich Gisela.

»Sie haben eine wirklich beeindruckende Zivilcourage gezeigt«, sagte der Beamte. »Wir haben große Probleme damit, die ältere Bevölkerung vor dem Enkeltrick zu warnen. Wie Sie schon sagen, immer wieder fallen sie darauf herein und werden so um ihr ganzes Vermögen gebracht.«

Er hielt einen kleinen Notizblock in der Hand, auf dem er sich Giselas Beschreibung des jungen Mannes aufgeschrieben hatte, der sich als Boris vorgestellt hatte.

»Hinzu kommt, dass diese Typen es nicht nur an der Haustür versuchen. Manchmal rufen sie auch an und behaupten, sie seien ein Enkel und irgendwo im Ausland in eine Notsituation geraten, weshalb sie dringend Geld bräuchten. In so einer Lage überweisen dann viele sofort.«

Gisela schnaubte. »Das ist doch nicht zu fassen, wie dreist die sind!«

»Exakt, Frau Liebert, exakt. Ich habe Ihre Anzeige aufgenommen, doch aus Erfahrung kann ich Ihnen sagen, dass die Schuldigen meistens nicht gefunden werden können. Einige von ihnen ziehen von Stadt zu Stadt, immer unter falschem Namen. Das ist auch der Grund, weshalb ich persönlich zu Ihnen gekommen bin. Wir möchten Sie fragen, ob Sie uns in dieser Sache unterstützen können.«

Gisela griff sich an die Brust. »Ich? Unterstützen? Aber wie denn?«

»Keine Sorge, Frau Liebert, die echten Verbrecher jagen nach wie vor wir, doch es geht darum, die Bevölkerung und vor allem ältere Menschen aufzuklären. Natürlich soll nicht jeder einem möglichen Betrüger gleich ein Bein stellen« – er warf Gisela einen mahnenden Blick zu – »aber vorsichtig zu sein und niemandem die Tür zu öffnen, den man nicht kennt, ist auf jeden Fall ratsam.«

»Und wie stellen Sie sich das vor? Soll ich jetzt von Tür zu Tür gehen?«, fragte Gisela, die sich rasch noch einen Eierlikör einschenkte, den sie nach der ganzen Aufregung auf wirklich gebrauchen konnte.

»Aber nein, Frau Liebert. Wir setzen da inzwischen eher auf digitale Lösungen«, sagte der Beamte und lächelte.

»Digital? Sie meinen so online und so? Oh, damit kenne ich mich aus. Sie müssen wissen, meine Enkelin Kiki ist da ein Profi drin.«

»Das trifft sich hervorragend! Wir planen, ein Aufklärungsvideo zum Thema Enkelbetrüger aufzunehmen und sowohl über das Netz, die sozialen Netzwerke, aber auch das Fernsehen zu verbreiten. Hätten Sie, Frau Liebert, Interesse, an so einem Video mitzuwirken?«

Gisela starrte den Mann mehrere Sekunden lang entgeistert an.

»Ich?«, keuchte sie.

»Ja, Sie sind perfekt dafür. Sie stammen aus der Peer Group, wie man das jetzt heute nennt, und Ihr resolutes Auftreten hat echten Vorbildcharakter. Können Sie sich das vorstellen?«

Laut klatschte Oma Gisela in die Hände.

»Aber natürlich bin ich dazu bereit!«

Die Sonne war längst jenseits der Häuser verschwunden. Kai und Kiki saßen noch immer in der Strandbar und ließen sich Cocktails schmecken.

Inzwischen hatten sie herausgefunden, dass sie die gleiche Musik und die gleichen Filme mochten und Kiki hatte das Gefühl, Kai schon ewig zu kennen. Auch über den Unfall hatten sie kurz gesprochen und Kiki hatte sich bereit erklärt, mit Kais Chef zu telefonieren oder zu einem Gespräch in das Verkehrsunternehmen zu kommen.

Mehrfach setzte Kiki an, um das Video zur Sprache zu bringen, doch sie brachte es letztlich nicht über das Herz, den schönen Abend zu zerstören. Wer wusste schon, wie Kai darauf reagierte? Vielleicht fühlte er sich angegriffen? Nein, sie musste sich erst eine Taktik überlegen, das Thema behutsam anzusprechen, und am besten tat man das, indem man gleich eine Lösung parat hielt. An der musste sie allerdings noch feilen, deshalb schwieg sie und genoss es, sich mit Kai zu unterhalten. Wann hatte sie sich zuletzt so gut und lebendig gefühlt?

Inzwischen war es fast Mitternacht und Kiki wusste, dass sie langsam nach Hause musste, immerhin erwartete sie morgen ein weiterer Tag in der Stadtverwaltung. Schweren Herzens verabschiedete sie sich von Kai. Sie standen am Straßenrand, die Luft war warm und voller Versprechen. Kiki fühlte sich, als sei sie wieder 15, ganz leicht und unbeschwert und unbeschreiblich lebendig. Kai stand neben ihr, obwohl sie auch relativ groß war, überragte er sie. Sie konnte sein After Shave riechen und am liebsten würde sie ihn an sich ziehen und küssen, doch sie wollte den Zauber des Augenblicks nicht zerstören.

»Das war ein toller Abend«, sagte Kai und seine Stimme war warm und tief.

»Ja, das fand ich auch«, hauchte Kiki und versuchte, ihr rasant klopfendes Herz zu beruhigen. Wann hatte sie sich zuletzt so gefühlt? Das musste Jahre her sein! Wie hatte sie nur vergessen können, was für ein wunderbares Gefühl es war, sich mit Haut und Haaren in jemanden zu verlieben.

Kai betrachtete sie, ein Funkeln lag in seinen Augen und Kiki konnte spüren, wie ihre Knie weich wurden.

Für einige Sekunden war die Anziehung zwischen ihnen so intensiv, dass sie körperlich spürbar war und fast glaubte Kiki, dass Kai sie zum Abschied küssen würde, doch dann war der Moment vorbei und sie saß in einem

Taxi Richtung nach Hause, mit roten Wangen und klopfendem Herzen und fühlte sich wie ein Teenager.

4. Die Liebe in Zeiten der Digitalisierung

Der nächste Morgen weckte Kiki mit Sonnenschein und Vogelgezwitscher. Lächelnd schlug sie die Augen auf. Das Date mit Kai stand ihr noch deutlich in Erinnerung und ihr Herz machte einen kleinen Hüpfer, als sie daran dachte, was gestern Abend beinahe passiert war. Beinahe, das war das Stichwort.

»Mensch, Kiki, bist du nicht eigentlich viel zu alt dafür? Du benimmst dich wie ein liebeskranker Teenager«, murmelte sie, während sie unter die Dusche schlurfte.

Vom unteren Stockwerk zog köstlicher Kaffeeduft nach oben. Oma Gisela war schon wach. Die heiße Dusche vertrieb den letzten Rest der Müdigkeit und gut gelaunt machte sich Kiki auf den Weg nach unten.

»Hallo, Oma«, sagte sie und gab ihrer Oma einen Kuss auf die Wange, die vor dem aufgeklappten Laptop saß. Kiki goss sich eine Tasse dampfenden Kaffee ein.

»Was machst du?«, fragte sie.

»Ich warte auf eine Antwort von Fritz«, antwortete Oma Gisela grimmig.

»Er hat dir noch nicht geschrieben? Vielleicht ist er nicht so oft online. Ältere Leute schauen nicht so häufig in ihre Postfächer.«

»Zum Briefkasten gehe ich auch jeden Tag, außer Sonntag, und da für die Zeitung«, maulte Gisela und verschränkte die Arme vor der Brust. »Das ist unhöflich!«

»Ha, Oma, du bist schon wie diese ganzen Millenials, für die es nur noch ein Online-Leben geht.«

»Die was?« Oma Gisela schaute ihre Enkelin fragend über den Rand ihrer Brille an, die sie auf ihre Nasen geschoben hatte.

»Na, Millennials. Die, die zur Jahrtausendwende geboren sind und sich ein Leben ohne das Internet gar nicht vorstellen können«, erklärte Kiki mit dem Kopf im Kühlschrank. »Haben wir noch Milch für das Müsli?«

»Im Vorratsschrank. Und diese Kids denken, das Internet hätte es schon immer gegeben?« Oma Gisela kicherte.

»Ja, so ungefähr. Sie unterscheiden nicht mehr zwischen online und offline.«

»Naja, also Fritz ist jedenfalls kein Millennial und ich finde es nicht in Ordnung, dass er sich mit seiner Antwort so viel Zeit lässt. Man lässt eine Dame nicht warten.«

»Er wird dir schon schreiben«, sagte Kiki zwischen zwei Löffeln ihres Müslis.

»Wie geht es dir, mein Kind? Hast du viel zu tun auf der Arbeit?«

»Das kannst du laut sagen. Ich habe mir da einen ganz schön harten Brocken eingehandelt. Stadtverwaltung, die leben, was Digitalisierung angeht, echt noch hinter dem Mond. Klar, irgendwie brauchten sie es bislang auch nicht, aber gerade aus Umweltgründen und auch aus Serviceaspekten muss mehr online laufen.«

Sie schob sich noch einen Löffel in den Mund und kaute krachend.

»Die in Berlin wollen, dass man sich mit dem neuen Personalausweis auch überall im Internet ausweisen kann, auch gegenüber den Behörden, für die ein optimaler Ausweg aus ihrem Personalproblem. Nur für die Mitarbeiter ist das gar nicht so einfach.«

Sie seufzte. »Ich habe nur keine Ahnung, wie ich die Mitarbeiter überzeugen soll. Ich meine, viele von denen sind älter. Die sind auch privat kaum online unterwegs. Für sie ist das mit der Digitalisierung eher eine zusätzliche Belastung als ein Pluspunkt. Ich weiß einfach nicht, wie ich sie davon überzeugen soll, dass die Digitalisierung ihnen nutzen kann.«

Oma Gisela zog die Nase kraus. »Mit was hast du es denn bislang versucht?«

»Na, mit all den positiven Aspekten. Dass es einfacher wird, von zu Hause aus zu arbeiten und dass alle Unterlagen dann zentral abgelegt sind und nichts mehr verschwinden kann.«

»Interessiert die nicht«, sagte Oma Gisela.

»Was sagst du?«

»Na, das interessiert die nicht. Weißt du, mein Vater, dein Urgroßvater, hat mir immer gesagt, dass es zwei Arten von Menschen auf der Welt gibt. Es gibt die, die auf eine Belohnung aus sind. Ganz gleich, was sie tun, sie wollen was dafür haben. Das macht sie sehr erfolgreich und risikofreudig, aber sie sind auch anfällig für Süchte und Gefahren.

Dann gibt es die anderen. Die bewegen sich nur, wenn sie Angst haben. Sie tun alles, damit sie sich sicher fühlen können. Denen kannst du in Aussicht stellen, was du möchtest, das interessiert sie nicht. Aber sag ihnen, dass sie eine Sache vor etwas schützt, dann sind sie dazu bereit.«

»Mmh«, machte Kiki. »Das ist zwar ein wenig vereinfacht, aber möglicherweise hast du recht. Beamten und Mitarbeiter im öffentlichen Dienst schätzen vermutlich den Aspekt Sicherheit mehr als andere. Es könnte sein, dass ich meinen Ansatz wirklich verändern und umdenken muss.«

Sie tippte sich mit dem Löffel gegen die Nase, während sie angestrengt nachdachte.

»Das ist es!«, rief sie. Sie sprang auf und drückte Oma Gisela einen heftigen Kuss auf die Wange.

»Oma, du bist die Beste!«, rief sie und war schon aus der Tür.

»Hui, womit habe ich das denn verdient«, freute sich Gisela, doch sie hörte nur noch die Wohnungstür, die leise in das Schloss fiel.

»Diese jungen Leute, immer sind sie so in Eile«, murmelte Oma Gisela und klickte erneut auf den AKTUALISIEREN Button in ihrem E-Mail-Postfach. Leider zeigte ihr Posteingang keine neuen Nachrichten an.

»Du hingegen könntest dich wirklich ein bisschen beeilen, Fritz«, sagte Oma Gisela. »Ist ja nicht so, als ob du und ich noch ewig Zeit haben.«

»Guten Morgen, ich freue mich auf Teil 2 unseres Seminars. Ich hoffe, Sie alle konnten mit den Informationen von gestern etwas anfangen und fühlen sich schon ein wenig sicherer auf Ihrem ganz persönlichen Weg Richtung Digitalisierung.«

Kiki, die, mit dem Pointer in der Hand, vor der Wand stand, an die ein Beamer den Titel ihrer heutigen Power-Point Präsentation warf, klickte die nächste Folie an.

»Heute wollen wir unseren Fokus weg von den vielen Möglichkeiten und Vorteilen der Digitalisierung hin zu

den Aspekten lenken, über die viele ungern sprechen.
Gerade deshalb sind sie besonders wichtig. Wer von den
Anwesenden wäre bereit, sich mit mir auf ein kleines
Experiment einzulassen? Heute geht es um den Schutz
Ihrer persönlichen Daten – und den Daten der Bürgern
und der Stadtverwaltung. IT Sicherheit ist ein wichtiges
Thema - doch sie kann immer nur so gut greifen, wie alle
mitspielen. Das größte Einfallstor für Hacker und andere
mit unguten Absichten ist immer noch der Faktor
Mensch. Social Hacking nennt man das, nicht zu
Unrecht.«

Auf einigen Gesichtern vor ihr waren nun deutliche
Fragezeichen zu sehen, andere hatten nun eine steile
Falte auf der Stirn. Sie hatte einen Nerv getroffen, so viel
stand fest.

»Jeden Tag gehen Sie mit einer Menge von Passwörtern
um, privat wie beruflich. Die alle im Kopf zu behalten,
ist gar nicht so einfach, deshalb liegt es nahe, möglichst
überall das gleiche zu haben, das leicht zu merken ist
oder aber Passwörter irgendwo aufzuschreiben. Haben
Sie schon einmal darüber nachgedacht, was ein sicheres
Passwort ist und wie man sie sicher speichert? Ein Tipp –
Ihr Browser ist es nicht – und es sollte auch nicht das
Geburtsdatum Ihrer Katze sein. Jetzt sagen Sie vielleicht,
dass ein Hacker wohl kaum das Geburtsdatum Ihrer
Katze kennen kann – und genau da täuschen Sie sich.
Haben Sie jemals ein Foto von Ihrem Liebling zu seinem

Geburtstag in einem sozialen Netzwerk gepostet? Bingo und schon hat der Hacker den ersten Fuß drin. Hacker, die etwas von ihrem Metier verstehen, analysieren zuerst den menschlichen Faktor. Sie spionieren ihre Opfer aus, sammeln alle Daten, die sie online finden können, von Ihren Käufen über Transaktionen bis zu Postings. Und wenn er genug Material hat, dann ist das Eindringen in die Sphäre Ihrer privaten Daten nur noch ein Kinderspiel.

Übrigens: Auch Arbeitgeber sind nicht davor gefeit, in Sachen Passwortschutz zu niedrige Standards zu haben. Prinzipiell sind aber Sie dafür verantwortlich, dass niemand Ihre Passwörter ausspähen kann, dazu gehört auch, sie nicht irgendwo auf einem Zettel im Schreibtisch zu notieren – oder noch schlimmer, per Klebezettel am Bildschirm.«

Verhaltenes Gelächter war zu hören. Kiki hob eine Augenbraue.

»Ja, ich sehe schon, das kommt einigen von Ihnen bekannt vor. Schauen wir uns also an, wie Passwörter funktionieren, wie man ein sicheres erstellt und wo man sie sicher und von überall erreichbar aus speichern kann.«

Sie rief die nächste Folie auf und ein kurzer Blick in die Runde verriet ihr, dass ihr nun die volle Aufmerksamkeit aller Anwesenden sicher war. Mit einem Schmunzeln setzte sie ihr Training fort.

»Oh, da seid ihr ja schon, ich habe ganz und gar die Zeit vergessen.« Helga lehnte mit einem breiten Lächeln in der Eingangstür. Sie trug eine Hose mit einem Muster, das aussah wie eine Mischung aus Schlange und Leopard, einer engen, pechschwarzen Bluse und darunter eine auffällige goldene Halskette, die zu ihren Ohrringen passte.

»Helga, du siehst ja hervorragend aus. Warst du beim Friseur?«, staunte Gisela, die zuerst Helgas Wohnung betrat und von ihr mit zwei Küssen begrüßt wurde.

»Ja, du strahlst ja richtig«, bestätigte Inge, die hinter Gisela die Treppe hinaufkam.

»Ach, das, das sind nur ein paar alte Sachen«, sagte Helga, unverkennbar geschmeichelt. Auf Pantoffeln, deren Absätze rund fünf Zentimeter hoch waren, ging sie voraus in die Küche. Dort stand, mitten auf dem Küchentisch platziert, ein Laptop.

»Ich habe jetzt auch so ein Ding«, flötete Helga mit hörbarem Stolz. »Mein Enkel, der Nick, der hat mir den besorgt, das Neueste auf dem Markt. Mit dem bin ich super schnell unterwegs, hat er gesagt. Surfen nennt man das.«

Oma Gisela blickte zwischen den Laptop und Helga hin und her.

»Seit wann interessierst du dich denn für das Internet?«, fragte sie.

»Na, willst du jetzt etwa das ganze Internet für dich allein haben, Gisela?«, gab Helga zurück und hob unschuldig eine Schulter.

Sie setzte sich vor den Laptop. »Aber das ist noch nicht alles. Schaut mal, ich bin kaum einen Tag online, da habe ich schon einen reizenden jungen Mann kennengelernt, der mir ganz und gar zu Füßen liegt.«

Gisela und Inge nahmen an dem runden Küchentisch, auf dem eine gekaufte Buttercremetorte stand Platz und beäugten Helga besorgt.

»Was?«, fragte Gisela. »Wo hast du den denn her?«

»Tja«, machte Helga. »Auch da bist du nicht die Einzige. Er hat mein Profil gesehen und war hin und weg. Seither lässt er mich kaum in Ruhe.«

Wie zum Beweis gab der Laptop einen leisen Piepton von sich. Helgas Wangen röteten sich ein wenig. Sie klickte die Nachricht an und brach in Kichern aus.

»Nein, das ist ja zu herrlich. Er ist so klug. Und er weiß, was sich gehört!«

»Helga, von was zum Teufel redest du denn da?«, fragte Gisela.

Helga hörte auf zu kichern. »Also, mein Enkel hat mir gezeigt, wie ich mich in einem dieser sozialen Netzwerke anmelde. Dann habe ich eine Menge Leute gefunden, die ich kenne, Eni zum Beispiel aus dem Fitnessclub und die junge Verkäuferin vom Bäcker nebenan und...«

»Ok, ok, schon verstanden«, unterbrach sie Gisela. »Spulen wir zu der Stelle, an der du von einem viel jüngeren Mann kontaktiert wurdest, mit dem du dir jetzt schlüpfrige Nachrichten austauschst.«

Statt einer Antwort packte Helga ihren Laptop und drehte ihn um.

»Das ist Harry. Er dient in der US Army. Er ist 58 Jahre alt und Witwer. Eine ganz traurige Geschichte.«

Der Bildschirm zeigte das Profilfoto eines Mannes mit fast weißem Bürstenhaarschnitt, markanten Gesichtszügen und einem sympathischen Lächeln. Die breiten Schultern unter der mit verschiedenen Abzeichen behangenen Uniform der US-Army ließen erahnen, dass er regelmäßig Sport trieb.

»Harry McCullum, 1. Offizier des 4. Infanterie-Regiments...«, las Inge vor, die sich rasch ihre Lesebrille auf die Nase gesetzt hatte. »Na, das ist aber mal ein stattlicher Kerl!«

»Seit wann kannst du denn so gut Englisch?«, wunderte sich Gisela.

»Oh, Harry spricht fließend Deutsch, er war jahrelang hier stationiert«, erklärte Helga.

»Und, wo kommt er her?«, fragte Inge.

»Aus Pennsylvania. Er hat mir Fotos geschickt. Im Indian Summer ist es dort wirklich herrlich. Er hat mich dorthin eingeladen und ich denke, in etwa zwei bis vier Wochen könnte ich es einrichten. Ich wollte schon immer...«

»Moment mal, du willst mir sagen, dass du darüber nachdenkst, dich mit einem wildfremden Mann am anderen Ende der Welt zu treffen?« Gisela traute ihren Ohren nicht.

»Er ist nicht wildfremd«, entgegnete Helga. »Wir sind seelenverwandt, das habe ich gleich gespürt. Ach, was sage ich. Es war Liebe auf den ersten Blick, Schicksal!«

Gisela betrachtete ihre Freundin mit wachsender Sorge.

»Bist du gesund? Ich meine, ist mit deinem Blutzucker alles ok? Oder hast du etwa schon wieder vor dem Frühstück Sekt getrunken?«, fragte sie.

»Mit meinem Blutzucker ist alles in Ordnung und ich bin nicht betrunken«, schnappte Helga. »Ist es etwa so abwegig, dass sich jemand auf den ersten Blick verliebt?«

»Im Internet? Und dann auch noch aus den USA? An nur einem Tag?«

»Aber wir haben diese spezielle Verbindung. Wir mögen die gleiche Musik, die gleichen Filme, wir sind sogar an die gleichen Orte in Urlaub gefahren.«

Gisela griff nach der Maus und klickte einige Male auf dem Bildschirm herum.

»Mmh, vermutlich hat er das von deinem Profil.« Sie deutete mit dem Finger auf den Bildschirm.

»Siehst du? Hier hast du deine Lieblingsmusik angegeben und da, wo du schon überall warst.«

»Gisela, seit wann bist du denn so misstrauisch? Kann es für andere etwa kein Glück geben, nur weil du keines hast?«, schnappte Helga. »Harry und ich, wir sind füreinander bestimmt.«

Sie packte sich den Laptop und drehte ihn wieder zu sich um. Ein erneutes »Pling« bestätigte den Eingang einer weiteren Nachricht von Harry, der wieder von Helgas Kichern gefolgt wurde.

Inge und Gisela wechselten einen Blick. Inge machte eine Handbewegung, die Gisela anzeigen sollte, dass Helga offensichtlich den Verstand verloren hatte.

»Hihi, Harry sagt, dass er meine Grübchen mag. Dieter hat sie nie zur Kenntnis genommen.«

»Also, Helga, ich finde, du solltest vorsichtig sein«, mahnte Gisela. »Das geht ja doch alles ein wenig schnell.«

»Du meinst so schnell wie bei dir und Fritz?«, erwiderte Helga spitz.

»Er hat mir bislang nicht einmal geantwortet«, sagte Gisela.

»Na, siehst du, dann ist er vielleicht einfach nicht dein Seelenverwandter. Harry würde mich nie so lange warten lassen, er ist rund um die Uhr für mich da.«

»Muss er denn gar nicht arbeiten?«, wunderte sich Inge.

»Aber natürlich muss er das, du Dummerchen. Aber er gibt eben vor allem Befehle.«

»Oh, ja, das leuchtet ein, wenn er bei der Armee ist«, sagte Inge.

Gisela biss sich auf die Zunge. Sie wusste, dass Helga ihr keinesfalls zuhören wollte, wenn sie versuchen würde, ihr diese Sache mit Harry auszureden, doch ihr Bauchgefühl sagte ihr, dass mit diesem Kerl etwas ganz und gar nicht stimmte. Sie beschloss, später Kiki danach zu fragen.

Sie nahm sich ein Stück Buttercremetorte, während Helga ihnen Kaffee einschenkte. Dabei redete sie unaufhörlich und schwärmte ihnen in allen Einzelheiten von »ihrem« Harry vor. Gisela tat so, als würde sie ihr zuhören, dabei war sie vollauf damit beschäftigt, darüber nachzudenken, weshalb Harry aus Pennsylvania ausgerechnet mit Helga aus Frankfurt ausgehen wollte.

»Das finde ich schon noch raus«, murmelte sie, während sie sich ein Gäbelchen mit einem Stück Buttercremetorte in den Mund schob. Die Torte schmeckte viel zu süß und außerdem nach künstlichem Aroma, so dass Gisela sie rasch mit einem Schluck Kaffee hinunter spülte.

»Ich sage dir, da stimmt etwas nicht«, sagte Gisela knapp eine Stunde später, als sie neben Inge in der Straßenbahn saß, beide hielten ihre Handtaschen fest umklammert vor sich auf dem Schoß, so, wie sie es immer taten, seit sie die Dokumentation über Räuber in öffentlichen Verkehrsmitteln gesehen hatten, in der jemand bis zu einer Haltestelle wartete, sich eine fremde Handtasche schnappte und auf Nimmerwiedersehen verschwand.

»Was meinst du denn? Dass Harry vielleicht so ein Axtmörder ist? Von denen soll es in den USA ja viele geben.«

»Axtmörder? Davon habe ich ja noch nie gehört. Du solltest wirklich weniger fernsehen, Inge«, sagte Gisela. »Weißt du, ich habe von Kiki eine Menge über Sicherheit im Netz gelernt und sie sagte mir, dass hinter einigen Profilen im Netz jemand anderes sitzt, als man denkt. Es gibt zum Beispiel Männer, die denken, sie unterhalten sich mit einer netten Blondine, doch in Wirklichkeit ist es ein dicker Mann, der bei seiner Mutter im Keller wohnt.«

»Was, du meinst Harry ist dick und wohnt im Keller?«, wunderte sich Inge. »Dann müsste seine Mutter aber ein ganz schön rüstiges Alter haben.«

»Inge, darum geht es nicht. Es geht darum, dass man sich im Internet leicht als jemand ausgeben kann, der man gar nicht ist und auf diese Weise andere hinter das Licht führt.«

Inge runzelte die Stirn. »Aber warum sollte das jemand machen?«

»Na, zum Beispiel, um einen auszuspionieren oder aus anderen Gründen, keine Ahnung, was in so jemandem vorgeht, jedenfalls nichts Gutes!«

Hinter Inges Stirn arbeitete es. Dann riss sie in einem Ausdruck der Empörung die Augen auf.

»Du meinst, Harry ist gar nicht Harry?«

»Das wäre doch zumindest möglich«, sagte Gisela. »Es ist auf jeden Fall verdächtig, wenn jemand schon nach einem Tag von Liebe redet und das alles auch nur, in dem man diese kleinen Textnachrichten austauscht. Das stinkt zum Himmel, wenn du mich fragst. Mein Bauch sagt mir eindeutig, dass da etwas nicht stimmt und mein Bauch hat mich noch nie getäuscht.«

»Du meinst so wie damals auf dem Wohltätigkeitsbasar, als Erna ihre Finger in der Kuchenkasse hatte?«, fragte Inge.

»Ja, genau so«, sagte Gisela finster. »Doch ich muss erst noch ein paar Informationen einholen, wenn Kiki nach Hause kommt.«

»Denkst du, Kiki kann herausfinden, ob Harry Harry ist?«

»Ich hoffe es«, seufzte Gisela. »Ansonsten müssen du und ich die Sache selbst in die Hand nehmen. Wir müssen auf Helga aufpassen, wenn sie so leichtsinnig ist. Dass man sich als Frau in dem Alter so aufführen kann, wie ein Backfisch.«

»Hach, das war schön damals, als wir noch jung waren und zum ersten Mal verliebt.«

»Genau, Inge und erinnerst du dich bei aller Romantik auch noch daran, wie das geendet ist?«

»Mmh, naja, bei mir war es der Köhler Gert, der hatte so ein schniekes Auto.«

»Und was ist aus dem schnieken Gert geworden?«

»Er hat mich sitzen lassen, für die Marlies aus der Nachbarstadt. Ein richtiger Schuft war das.«

»Siehst du! Wenn man jung ist, dann ist man naiv. Irgendwann lernt man dann, dass Liebe auch verdammt wehtun kann und ist vorsichtiger. Doch offenbar hat Helga sich auf ihre alten Tage entschlossen, alle Vorsicht über Bord zu werfen und in ihr Unglück zu rennen, als sei sie ein Teenager, der zum ersten Mal verliebt ist.«

»Mmh«, machte Inge. »Aber die erste Liebe ist schön. Immer wieder.« Ihr Gesicht nahm ihren schwärmerischen Ausdruck an. »Ich hätte auch nichts dagegen...«

»Jetzt reiß dich aber mal zusammen, Inge! Es geht hier um Helga und wir müssen als ihre Freundinnen alles tun, um sie zu schützen.«

»Gisela, ich erkenne dich ja kaum noch wieder. Erst die Sache mit diesem Betrüger und jetzt durchschaust du sogar Leute, die im Internet betrügen. An dir ist ja eine richtige Ermittlerin verloren gegangen«, sagte Inge bewundernd.

»Das ist nur gesunder Menschenverstand«, gab Gisela zurück.

Kaum waren sie bei ihr zu Hause angekommen, wärmte Gisela ihnen ein wenig von der Kartoffelsuppe vom Vortag auf und dann machten sich die beiden alten Damen daran, im Internet nach Hinweisen darauf zu recherchieren, dass dieser Harry nichts Gutes im Schilde führte.

»Kiki sagt, dass man alles hier oben in das Feld tippen muss und dann antwortet das Internet.«

»Es antwortet? Wie ein Mensch?« Inge hob eine Augenbraue.

»Nein, es zeigt eine Menge von Links an. So nennt man das.« Gisela nickte zufrieden. Der Nachhilfeunterricht in Sachen Internet zahlte sich langsam aus.

MANN GIBT SICH IM INTERNET ALS JEMAND ANDERES AUS, tippte sie ein wenig schwerfällig in das Suchfeld ein. Konzentriert studierte sie gemeinsam mit Inge die Ergebnisse.

»Sieh mal, hier steht etwas. ACHTUNG VOR FAKE PROFILEN. VORSICHT VOR ROMANTIC SCAMMER.« Die letzten beiden Worte brachte sie nur schwer über die Lippen. »Keine Ahnung, was das zu bedeuten hat.«

Sie öffnete den Link. Eine Weile war in der Küche nichts zu hören als das Ticken von Oma Giselas Wecker, während Gisela und Inge den Text lasen. Dabei wurden ihre Gesichter immer blasser.

»Oh je«, machte Inge, als sie mit Lesen fertig war.

»Das ist ja mal was«, sagte Gisela. »Eigentlich ist es dafür noch viel zu früh, aber ich brauche jetzt erst einmal einen Schnaps.«

»Ich auch«, stimmte Inge zu. Gisela stand auf und holte zwei kleine Gläschen aus dem Schrank.

»Helga wird uns das niemals glauben. Sie wird denken, dass wir ihre neue Bekanntschaft nur madig machen wollen«, sagte Gisela.

»Aber lies doch mal! Da sind lauter Frauen, die ihren angeblichen Partnern Geld überwiesen haben, teilweise mehrere tausend Euro. Die eine Frau hat ihre ganze Rente überwiesen, die andere musste aus ihrer Wohnung ausziehen«, sagte Inge mit hörbarer Empörung in der Stimme.

»Romantic Scammer«, las Gisela die Überschrift der Website vor, die sie gerade geöffnet hatten. Dort fanden sich zahlreiche Einträge von Frauen, die irgendwo im Netz einen angeblich netten Mann aus den USA oder beim Militär kennengelernt hatten, einige auch aus Italien oder Spanien. Der Ablauf war immer der gleiche: Die Männer, meistens jung und gut aussehend anhand der von anderen Profilen geklauten Bilder, schrieben die Frauen an und verwickelten sie in eine Art romantische Online-Beziehung. Sie gaukelten ihnen die große Liebe vor, erfanden Lügen über ihre Herkunft und irgendwann zauberten sie einen angeblichen Notfall aus dem Hut, der sie in Geldnot brachte. Mal war es die OP für die kranke Kusine, mal die Rettung aus einem Kriegsgebiet, oder die »Ablöse« für das Militär. Treffen wurden versprochen, ja, sogar ein gemeinsames Leben schon geplant. Die Frauen fielen darauf herein, überwiesen das erste Geld und dann noch sehr viel weiteres, bis sie dahinter kamen, dass sie einem waschechten Betrug aufgesessen waren.

»Es sind so viele«, sagte Gisela. »Und jede von ihnen glaubte, im Netz ihre große Liebe gefunden zu haben.«

»Na, klar! Die meisten von ihnen waren einsam, einige sitzengelassen, andere verwitwet. Da hört man das gern, wenn einem so ein Gigolo Honig um das Maul schmiert«, sagte Inge verächtlich.

»So was, mit den Gefühlen anderer Menschen spielt man nicht! Hat den heute niemand mehr Anstand? Das liegt nur an diesem Internet!«, antwortete Gisela aufgebracht.

»Und denkst du, unsere Helga ist wirklich so einem aufgesessen? Ich meine, wir wissen ja noch nicht viel«, gab Inge zu bedenken.

»Genug, um misstrauisch zu sein«, entgegnete Gisela. »Aber wir müssen die Sache vorsichtig angehen. Uns wird sie vermutlich nichts glauben und uns zu verrückten Hühnern erklären, die ihr die große Liebe nicht gönnen. Nein, wir müssen diesen Kerl dazu bringen, dass er sich selbst enttarnt. Ihn in eine Falle locken oder so etwas, damit Helga selbst erkennt, an wen sie da geraten ist.«

»Mmh, aber wie sollen wir das anstellen?«, fragte Inge.

»Das lass mal meine Sorge sein! Mir wird schon etwas einfallen – und ich habe immer noch Kiki, die sich mit diesem ganzen Internetkram bestens auskennt.«

Gisela fächelte sich mit der Hand Luft zu.

»Und ich dachte, mein Enkelbetrüger-Video sei das Aufregendste, was mir seit langem passiert ist!«

»Frau Liebert, ich möchte mich persönlich für das Seminar bedanken.« Kiki, die gerade dabei war, ihre Unterlagen zusammenzusortieren, blickte auf und sah in das freundlich lächelnde Gesicht des Mannes in Jeans, der sich während des ersten Trainingstages so gegen sie gestellt hatte.

»Ich hatte ja keine Ahnung, wie wichtig diese Sache mit den Passwörtern ist. Da haben Sie einen wunden Punkt getroffen und da sind definitiv ein paar Tipps dabei, die ich mit nach Hause nehme.«

»Das freut mich, Herr....«

»Bösenitz, Bösenitz ist mein Name. Ich gehöre hier zu den Leuten, die ein bisschen mehr Ahnung von der ganzen Materie hat und Sie müssen die Leute hier auch verstehen. Seit Jahren hören wir nur, dass man gegen den Personalmangel nichts tun kann, weil es an Geld fehlt, aber unsere IT, die verballert, was nur geht. Die Angestellten sind total überarbeitet, der Druck wächst und jetzt noch der Digitalisierungskram. Viele sind ja auch kurz vor der Rente, es fehlt an Nachwuchs, an Menschen, die mal frischen Wind hier reinbringen. Bis Sie kamen, hat nie mal jemand anschaulich erklärt, was uns das Ganze eigentlich bringt.«

»Danke, Herr Bösenitz. Es tut gut, das zu hören. Dabei haben wir ja mit dem Teil, in dem ich Ihnen erkläre, wie hilfreich die Digitalisierung für Sie in Ihrer alltäglichen Arbeit sein kann, wenn die erste Hürde mal genommen ist, noch gar nicht begonnen. Heute war es erst einmal wichtig, alle in das Boot zu holen.«

»Ja, und das ist Ihnen hervorragend gelungen!«

Bösenitz verabschiedete sich und verschwand. Kiki blieb allein zurück und holte tief Luft.

»Puh, das wäre geschafft. Und der Punkt ging wohl eindeutig an mich!«

Zufrieden packte sie ihre Tasche zusammen und verließ fröhlich pfeifend das Rathaus. Als sie im Parkhaus ihren Wagen startete, sah sie sich selbst im Rückspiegel an.

»Jetzt kümmern wir uns um Problem Nummer 2!«, sagte sie und trat auf das Gas. Die Frankfurter City flog an ihr vorbei, während irgendwo im Westen die Sonne langsam versank.

»Ihr habt was?« Kiki stand, noch in Jacke und Schuhen, in der Küchentür.

»Na, wir haben recherchiert, im Internet, so, wie du mir das gezeigt hast«, erklärte Gisela.

»Du und Inge?«

»Genau!«

Kikis Blick wanderte zu der schmalen Flasche mit Klarem, den Gisela sonst immer für besondere Anlässe aufhob.

»Und es gab einen besonderen Anlass?«

»Oh, ja, wie man es nimmt. Helga hat jemanden kennengelernt, im Internet.«

Kiki ließ sich langsam auf den Küchenstuhl gleiten, um besser zuhören zu können.

»Okee«, machte sie gedehnt.

»Ja, und der Inge und mir, uns beiden war die Sache gleich nicht ganz koscher. Angeblich ist er bei der Army, Witwer, und sieht auch noch blendend aus. Ein richtiges Zahnpastalächeln hat er. Jedenfalls erzählt er unserer Helga was von der ganz großen Liebe, und sie glaubt es auch noch.«

»Jetzt noch mal ganz langsam«, sagte Kiki. »Wo hat sie den kennengelernt? Und seit wann kann Helga Englisch?«

»Oh, er spricht Deutsch, angeblich war er mal hier stationiert. Ich kann dir nicht sagen, weshalb, aber mein Bauch gibt mir eindeutig das Signal, dass mit dem was nicht stimmt. Und dann sind Inge und ich hier in das Internet gegangen und da haben wir die Seite mit diesen Romantik Scammern gefunden.« Gisela sprach das Wort eigenartig aus, so dass sie es mehrfach wiederholen und schließlich aufschreiben musste, bis Kiki verstand, um was es ging.

»Ach ja, das kenne ich. Ja, das passiert, und gar nicht so selten.«

»Dann sind da draußen also lauter Männer unterwegs, die es auf den Geldbeutel einsamer Frauen abgesehen haben?«

»Ja, leider gibt es das«, bestätigte Kiki. »Im Internet sollte man immer ein gewisses Misstrauen haben, wenn man jemanden kennenlernt, das habe ich dir ja schon ganz am Anfang von unserem Training gesagt. Ich bin übrigens stolz auf dich, dass du das mit der Recherche so gut alleine hinbekommst.«

»Na, klar, was hast du denn gedacht? Ich bin doch nicht von vorgestern!« Oma Gisela lachte ausgelassen, wurde aber sofort wieder ernst.

»Was soll ich jetzt mit Helga machen? Sie wird mir das doch nie glauben.«

»Du musst sie auf jeden Fall warnen. Mehr, als es ihr sagen, kannst du nicht, Helga ist eine erwachsene Frau. Diese Typen gehen clever vor, sie sammeln vorher Daten über die Frau und tun so, als hätten sie die gleichen Interessen.«

»Ja, genau! Das hat dieser Harry auch gemacht! Ganz offensichtlich, aber Helga WILL das nicht sehen. Hat sich richtig aufgeregt heute beim Kaffee. Da haben Inge und ich gleich das Weite gesucht.«

»Oma, du musst nicht ständig Angst haben im Internet. Die meisten Leute sind nett und die Seiten sind sicher. Aber es ist eben doch immer mal ein faules Ei darunter. Diese Scammer sind eine Plage, weil sie eben direkt auf das Herz abzielen. Sie gucken auch nicht nur nach älteren Frauen, sie nehmen jede Frau, von der sie denken, dass sie sie gut einwickeln können. Sie behaupten, sie stammen aus den USA, Italien oder Spanien, aber meistens sind sie irgendwo in Nordafrika oder so. Das ist auch ein heikles Thema. Für die ist das so eine Art Job. Sie denken, dass die Frauen in Europa ohnehin alle reich sind und dass es nicht schlimm ist, sie auszunehmen. Dass gerade alte Frauen bei uns zu den Allerärmsten gehören, das ist denen nicht klar.«

»Na, super! Soll ich jetzt Mitleid mit diesen Kerlen haben? Mir ist es egal, wo die herkommen, sie haben einfach keinen Anstand und dafür gibt es keine Entschuldigung!«, sagte Oma Gisela und verschränkte resolut die Arme vor der Brust.

»Wie läuft es eigentlich mit deinem Präventionsvideo?«, erkundigte sich Kiki.

»Oh, prima, morgen soll ich da hin und das Filmteam kennenlernen. Stell dir vor, ich soll sogar in die Maske, wie ein Filmstar! Dass mir das auf meine alten Tage noch geschieht. Dein Opa wäre stolz auf mich!«

Kiki gab ihrer Oma einen Kuss auf die Wange.

»Ich bin stolz auf dich«, sagte sie. Dann stand sie auf. Sie wollte noch schnell duschen, bevor sie damit begann, sich mit Problem 2 zu beschäftigen.

Mit dem Handtuch auf dem Kopf, mit dem sie die vom Duschen feuchten Haare bändigte, setzte sie sich auf ihr Bett und klappte den Laptop auf. Von unten her war leise Schlagermusik zu hören, Andrea Berg beschwor einen Geliebten und die dumpfen Geräusche ließen ahnen, dass Oma Gisela vermutlich gerade, beschwipst von dem Klaren, in der Küche tanzte.

Recht auf Vergessen, tippte Kiki in das Suchfeld ein. Dann beugte sie sich vor, um besser lesen zu können und scrollte eine Weile durch die Seiten, während sie sich auf einem kleinen Block Notizen machte.

»Na also«, stellte sie nach etwa einer Stunde fest. »Es sieht so aus, als hätte ich auch dafür eine Lösung. Jetzt muss ich nur noch Kai von ihr überzeugen.«

Wie als sei das ein Stichwort, meldete sich ihr Handy mit einem lauten »Pling«. Kiki nahm es in die Hand und las die eingegangene Nachricht.

WAR ECHT SCHÖN MIT DIR GESTERN, schrieb Kai. ICH WÜRDE MICH FREUEN, WENN WIR DAS BALD WIEDERHOLEN, AUCH WENN ICH KEINER VON DEN ANZUGSFUZZIS BIN, MIT DENEN DU SONST ZU TUN HAST.

Kiki fügte ihrer Antwort ein Lachsmiley hinzu und schrieb: GENAU DESHALB WAR DER ABEND SO SCHÖN. ICH HABE AUCH LUST AUF EIN WIEDERSEHEN.

Während sie das tippte, stahl sich ein Lächeln auf ihre Züge. Was war es nur an Kai, dass in ihrem Bauch Schmetterlinge tanzen ließ? Wie gut er gerochen hatte und dann erst diese Lachfalten unter seinen Augen! War es überhaupt eine gute Idee, sich so früh schon wieder auf jemanden einzulassen? Immerhin war die Trennung erst ein paar Wochen her. Sie ließ sich nach hinten fallen und lauschte den Klängen von Andrea Berg. Ob Liebe zu den einzigen Dingen gehörte, die durch das Internet und die Digitalisierung nicht einfacher wurden?

5. Das Internet schützt vor Torheit nicht

»So, Frau Liebert, und hier werden wir dann die ersten Einstellungen für das Video vornehmen!«

Gisela stand neben dem Beamten im 3. Stock des 1. Polizeireviers Frankfurt auf der Zeil, der sie nach dem Zwischenfall mit dem Betrüger zu Hause besucht hatte, und lugte in das nüchterne Besprechungszimmer mit der großen, grünen Wand hinein.

»Hier? Aber was ist das denn dann für ein Video? Wollen die Leute nicht Farben sehen, irgendwas Buntes? Hier fühlt man sich ja wie in einem Verhörraum«, sagte Gisela mit gerunzelter Stirn.

Der Beamte, der sich ihr als Herr Bauser vorgestellt hatte, lachte.

»Ja, das habe ich zuerst auch gedacht, aber die Wand bleibt nicht grün. Per Computer werden da später die abgefahrensten Effekte draufgespielt, genau wie in Hollywood! Für diese PR-Sachen haben wir auf die neueste Technik umgesattelt. Alles online, alles digital.«

Er lächelte zufrieden.

»Schauen Sie, wir sind sogar auf Twitter unterwegs und den Nutzern gefällt das.«

Er hielt Gisela sein Handy unter die Nase. Sie rückte ihre Brille zurecht und las die kurzen Nachrichten, die die Polizei absetzte.

»Das da kenne ich«, sagte sie. »Das ist ein Häschtegg. Das hat mir meine Enkelin gezeigt.«

»Die, von der Sie uns schon so viel erzählt haben?«, wollte Bauser wissen. »Sie scheint ja eine echte Expertin in Sachen IT zu sein.«

»Darauf können Sie wetten!«, sagte Gisela.

Die Tür zu einem Nebenzimmer ging auf und eine junge Frau streckte ihren Kopf heraus.

»Sind Sie bereit für die Maske?«, fragte sie an Gisela gerichtet.

»Ja, Frau Liebert kommt jeden Moment«, sagte Bauser. »Also, wir drehen kurze Clips, in denen Sie vor dem Betrüger warnen und Ihre Geschichte erzählen. Die speisen wir dann auf unserer Website und in den sozialen Medien ein, in der Hoffnung, auf diese Weise viele Menschen in Ihrem Alter zu erreichen und zu warnen. Das mit den Enkeltrickbetrügern wächst sich in den Großstädten inzwischen zu einer echten Plage aus.«

»Sind denn so viele in meinem Alter im Internet unterwegs?«, fragte Gisela misstrauisch.

»Oh, Sie würden sich wundern. Wir hatten da vor kurzem so einen Experten da, der hat uns das erklärt. Sie gehören zu der am schnellsten wachsenden Gruppe von Nutzern. Die Jüngeren, die wandern schon wieder ab, in andere Netzwerke, Snapchat, Instagram oder Twitch.«

»Oh je, wer soll sich das denn noch alles merken«, fragte Gisela, während sie zu der Tür gingen, hinter der die Frau von der Maske auf sie wartete.

»Keine Sorge, für unser Video muss Sie das nicht interessieren. Der Regisseur wird Ihnen sagen, wie Sie das, was wichtig ist, richtig rüberbringen.«

»Ein richtiger Regisseur?« Gisela staunte.

»Aber ja, sonst wäre es doch kein richtiges Video. Ich bin Polizeibeamter, kein Kameramann oder Drehbuchautor. Es soll ja alles seine Richtigkeit haben!«

Bauser entließ Gisela in die Maske, wo sie, in wachsender Aufregung und belebt durch ein Glas Sekt, die nächsten 30 Minuten verbrachte.

»Mmh«, machte Gisela, als sie das fertige Ergebnis betrachtete. »Ist das nicht ein bisschen viel Lidschatten? Meine Mutter sagte immer, wer mit dem Lidschatten nicht sparsam ist, gerät schnell in den Ruf, ein leichtes Frauenzimmer zu sein.«

»Haha«, machte die junge Frau, die von allen nur Mimi genannt wurde. »Was ist das denn für ein lustiges Wort! Frauenzimmer? Das habe ich ja noch nie gehört!«

»Ja, so nannte man das, als ich noch eine junge Frau. Ein Frauenzimmer war häufig eine Frau mit zweifelhaftem Ruf. Wissen Sie, damals haben wir auf solche Sachen noch Wert gelegt. Heute ist es ja so, dass irgendwie jeder mit jedem, und dann noch dieses Internet. Ich sage Ihnen, ich bin mir nicht sicher, ob das wirklich für alle eine Hilfe ist.«

Gisela dachte an Fritz. Fast eine Woche war vergangen, seit sie ihm die E-Mail geschickt hatte, und noch immer gab es keine Antwort. Es sah Fritz gar nicht ähnlich, so unhöflich zu sein. Ob sie am Ende dem falschen Fritz eine Nachricht geschrieben hatte? Das wäre nun wirklich außerordentlich peinlich!

Oder ob er keinen Kontakt zu ihr wollte? Das wäre noch peinlicher, wenn auch auf eine andere Weise.

»Abwarten und Tee trinken«, sagte Gisela, als sie sich aus dem Stuhl erhob.

»Es kann losgehen!«, rief sie. »Showtime!«

»Frau Liebert?«

Kiki war gerade dabei, ihre Unterlagen in ihre Tasche zu packen. Sie war mehr als zufrieden. Heute war das Training in der Stadtverwaltung schon erheblich flüssiger gelaufen. Sie hatte die Belegschaft »geknackt«, da war sie sich sicher.

Jetzt stand eine der jüngeren Mitarbeiterinnen vor ihr, schlank und eher unauffällig, den Blick schüchtern gesenkt.

»Ja?«

»Kann ich Sie mal etwas fragen?« Die junge Frau nagte an ihrer Unterlippe.

»Ja, natürlich. Haben Sie eine Frage zu dem Seminar? Ich werde alle Inhalte noch einmal als PDF...«

»Nein, nein, es geht nicht direkt um das Seminar«, sagte die junge Frau und hob abwehrend die Hand. »Es ist mir eher peinlich, darüber zu sprechen.«

Kerstin stellte ihre Tasche ab und wandte sich der jungen Frau zu.

»Machen Sie sich keine Gedanken, was auch immer es ist, bei mir ist es gut aufgehoben.«

»Ok«, sagte die Frau und ein Lächeln leuchtete auf ihren angespannten Zügen auf. »Es geht um diese E-Mails.«

»E-Mails?«

»Ja, ich arbeite im Gewerbeamt. Ich habe hier schon meine Ausbildung gemacht, alles ganz...normal?« Es schien, als müsste sie nach den richtigen Worten suchen.

»Aber dann fing das mit diesen E-Mails an.«

Kiki setzte sich auf den Rand des Schreibtischs.

»Was für E-Mails?«, hakte sie nach.

»Also, das ist mir jetzt echt peinlich...«, sagte die Frau und schlug die Augen nieder.

»Das muss Ihnen nicht peinlich sein. Also, um was geht es?«

»Ich zeige es Ihnen am besten.«

Die junge Frau beugte sich über den Laptop der Stadtverwaltung, der in dem Meetingraum bereit stand und meldete sich mit ihren Zugangsdaten an. Dann öffnete sie ihr Postfach und rief eine E-Mail mit dem merkwürdigen Absender »Ein Freund« auf. Kiki runzelte die Stirn, als sie las, was in der E-Mail stand.

ICH WEIß, WELCHE UNTERWÄSCHE DU GERNE TRÄGST. WARUM ZEIGST DU SIE MIR NICHT EINMAL?

»Mmh«, machte Kiki. »Da haben Sie wohl einen ungewollten Fan. Konnte die IT nicht zurückverfolgen, woher die E-Mail kam?«

Die Frau schüttelte den Kopf.

»Das ist noch nicht alles.«

Sie öffnete eine weitere E-Mail.

ICH HABE GESEHEN, WIE DU MIT IHM
GEFLIRTET HAST. DU BIST EINE KLEINE
SCHLAMPE.

»Oha«, sagte Kiki. »Wie viele von diesen E-Mails
bekommen Sie denn?«

»Manchmal mehrere pro Tag. Die IT hat mir gezeigt, wie
ich einen Absender blockiere, aber dann schreibt er mir
eben von einem anderen Absender. Ich habe schon
überlegt, zur Polizei zu gehen, doch es ist mir schon sehr
peinlich.«

»Das kann ich gut verstehen. Das ist auch wirklich mehr
als unangenehm. Es ist wichtig, dass Sie sich klar
machen, dass das nichts mit Ihnen zu tun hat. Vermutlich
ist das jemand, dem mal irgendein Bescheid von Ihnen
nicht gepasst hat. Seit wann geht das schon so? Und
unterzeichnet er immer mit ein Freund?«

»Ja, das steht unter jeder E-Mail. Das geht schon seit
einem Jahr. Ich habe versucht, es zu ignorieren, ich
dachte, irgendwann hört er damit auf. Aber dann kam
das.«

Sie zog ihr Handy aus der Tasche und zeigte Kiki eine Nachricht auf einem Social Media Profil.

DU SIEHST SO HEIß AUS IM BIKINI. VIELE GRÜßE, EIN FREUND.

Darunter war ein Urlaubsfoto der jungen Frau, deren Namen Katharina Schönfeld war, wie Kiki jetzt sah, zu erkennen.

»Dieses Foto habe ich nur auf meinem privaten Profil gepostet. Ich habe keine Ahnung, wie er da ran gekommen ist.«

»So, so«, sagte Kiki. »Mit wem sind Sie denn alles befreundet?«

»Na, nur mit engen Freunden, Familie, einigen Kollegen.«

»Kollegen aus der Stadtverwaltung?«

»Ja, einigen, mit denen ich enger zusammenarbeite.«

»Hat die IT je versucht, zurückzuverfolgen, woher die E-Mails stammen? Also, ob sie womöglich von jemandem hier im Haus versendet werden?«

Katharina Schönfeld riss die Augen auf.

»Sie meinen, es könnte jemand hier aus dem Haus sein?«

Kiki blickte auf ihre Uhr.

»Ist in der IT jetzt noch jemand da?« Es war bereits nach vier.

»Ich weiß nicht...«

»Finden wir es heraus!«

Kerstin griff sich das Telefon, das auf einem benachbarten Tisch stand und wählte die Zentrale. Nach einem kurzen Gespräch wurde sie an die IT weiter vermittelt.

»Ja, hier ist Kerstin Liebert. Ich gebe gerade ein Seminar zu IT Sicherheit und ich brauche jemanden, der erweiterte Admin-Rechte im Zusammenhang mit E-Mails hat. Ist da noch wer im Haus?« Sie lauschte in den Hörer.

»Nein, die Sache kann nicht bis morgen warten. Können wir das vielleicht unbürokratisch lösen? Sie geben mir vorübergehend die Rechte? In meinem Beratervertrag ist das geregelt, Sie haben also nichts zu befürchten. Es dient lediglich Demonstrationszwecken. Ja, ich maile ihn Ihnen gerne gleich zu. Ja, bitte schicken Sie es an meinen E-Mail-Account.«

Sie legte auf und zog ihren Laptop hervor, um sich erneut in das Netzwerk der Stadtverwaltung einzuwählen.

»Ich weiß nicht, ob...«, setzte Katharina Schönfeld an.

»Machen Sie sich keine Sorgen. Wir lösen das ganz diskret. Und wenn wir Beweise finden, dann können Sie sich ja überlegen, was Sie damit machen, zum Personalrat gehen oder zur Polizei.«

Die beiden schwiegen einen Moment, während sie angespannt auf die Benachrichtigung aus der IT warteten, dass Kerstin vorübergehend die entsprechenden Rechte eingeräumt wurden.

Ein »Pling« verriet ihnen, dass es so weit war.

»Wissen Sie, leider gibt es unter ITlern noch immer eine Menge Vorurteile gegenüber Frauen. Man spielt damit, dass Frauen sich weniger auskennen, dabei hat das nichts mit Begabung, sondern nur mit Interesse zu tun.«

Kikis Finger flogen über die Tastatur, während sie damit beschäftigt war, die IP, von der die E-Mails versendet worden waren, zurückzuverfolgen. Katharina Schönfeld schaute ihr dabei neugierig über die Schulter.

»Aha«, sagte Kiki. »Dachte ich es mir doch.«

»Was ist denn? Was haben Sie herausgefunden?«

»Alle E-Mails wurden aus dem Netzwerk des Rathauses versendet.«

»Was?«

»Ja, es ist eindeutig. Die IP-Adresse zeigt es. Ich wundere mich, warum das bisher niemand überprüft hat.«

»Ach«, sagte Katharina Schönfeld. »Ich hatte das Gefühl, die nehmen mich nicht wirklich ernst. Mir war es auch unangenehm, da immer wieder nachzuhaken, ich wollte es nicht an die große Glocke hängen.«

»Aber kann es nicht vielleicht auch ein Besucher sein? Unten im Arbeitsamt kann man sich in das Internet einloggen....«

»Nein, das ist ein anderes Netzwerk. Es muss jemand sein, der hier im Haus arbeitet und der sich mit Technik auskennt, um seine Absender zu verschleiern. Vermutlich ist es jemand, mit dem Sie sogar auf Social Media befreundet sind. Fällt Ihnen jemand ein? Ich kann das an die IT weiterleiten, dann finden Sie das bestimmt raus.«

Katharina Schönfelds Gesicht wechselte die Farbe. Sie riss die Augen auf.

»Der Ulli aus dem Vermessungsamt. Der hat sich mal auf der Weihnachtsfeier an mich herangemacht. Ich wollte das nicht, er war ein bisschen betrunken und da ist er böse geworden. Am nächsten Tag hat er aber so getan, als wäre nichts gewesen.«

»Nun, ich kann nicht feststellen, ob die Nachrichten aus dem Vermessungsamt kommen, dafür habe ich nicht genug Einblick in das Netzwerk. Aber mit dem, was wir hier herausgefunden haben, können Sie sich an den Personalrat wenden oder an das Personalamt und dafür sorgen, dass es dort bekannt wird. Sie dürfen sich da nicht einschüchtern lassen und das muss Ihnen auch nicht peinlich sein. Sie glauben gar nicht, wie viele Frauen da draußen von Cybermobbing betroffen sind. Es ist wichtig, das öffentlich zu machen und die Täter zur Verantwortung zu ziehen.«

»Vielen Dank, Frau Liebert!«, sagte Katharina Schönfeld, der die Erleichterung in das Gesicht geschrieben stand. »Ich hatte schon Angst, dass ich von einem irren Stalker verfolgt werde und der demnächst bei mir zu Hause auftaucht, so, wie man es im Fernsehen sieht.«

»Ich kann das nicht einschätzen, aber meiner Erfahrung nach, ist das ein zwar lästiger, aber harmloser Typ, der aus der Deckung der Anonymität nicht herauskommt. Wird das einmal an das Tageslicht gebracht, hört er damit auf. Da bin ich mir ganz sicher! Und Sie haben immer noch die Möglichkeit, zur Polizei zu gehen.«

»Danke Ihnen!« Mit diesen Worten war Katharina Schönfeld aus der Tür.

»Und, wie war es heute bei deinem wichtigen Termin bei der Polizei? Hat man einen richtigen Filmstar aus dir gemacht?«, fragte Helga, während sie mit geübten Handgriffen den gekauften Käsekuchen in 12 Teile teilte und Inge und Gisela Stücke davon auf die Teller häufte.

»Oh, es war sehr aufregend. Es gab eine richtige Maske und einen Regisseur und...«

»Harry kommt nach Deutschland«, platzte Helga heraus.

Gisela ließ ihre Kaffeetasse sinken. Den gekauften Käsekuchen rührte sie nicht an. Der war sicher wieder viel zu süß.

»Was hast du gesagt?«

»Ja, er will übermorgen nach Frankfurt kommen. Er hat mich gefragt, ob ich ihm eine ganz persönliche Stadtführung gebe«, sagte Helga. »Und ihr habt gedacht, er sei nicht echt! Bald werdet ihr es ja selbst sehen, wenn er hier ist. Also, ich denke, zuerst werden wir in den Palmengarten gehen und im Kaffee Siesmayer einen Kaffee trinken und dann entweder in die Oper oder in das Schauspielhaus...«

»Er kommt dich also einfach so besuchen? Aus Amerika? Da muss er aber viel Zeit haben«, sagte Gisela.

»Und viel Geld«, ergänzte Inge.

»Ach, ihr seid doch nur neidisch!«, fuhr Helga auf. »Ich wusste, dass ihr euch nicht für mich freuen könnt.«

»Helga, wir wollen dich doch nur beschützen. Wir haben im Internet nachgelesen, dein Harry ist vermutlich ein waschechter Betrüger und lebt nicht in den USA, sondern in Nigeria. Das ist so eine Masche!« sagte Inge.

Helga runzelte die Stirn.

»Was redet ihr denn da? Mein Harry ist echt, der hat mir Fotos geschickt...«

»Die sind alle geklaut, Helga. Das machen die so. Vermutlich gibt es deinen Harry irgendwo, aber der hat keine Ahnung davon, dass jemand unter seinem Namen mit dir schreibt und dir die große Liebe vorgaukelt.« bestätigte Gisela.

Helgas Unterlippe zitterte und sie klappte ihren Mund auf und wieder zu.

»Das ist doch wohl die Höhe! Dass ihr hier her kommt und mir meinen Harry schlecht macht!«

»Aber Helga, dein Harry existiert doch gar nicht. Das ist ein Hirngespinst! Wir wollen dich doch nur beschützen.«

»Beschützen? Vor was? Ihr könnt es ja nur nicht ertragen, dass sich für mich jemand interessiert, während ihr beide endgültig zum alten Eisen gehört.« Helga verschränkte die Arme vor der Brust, so dass ihre zahllosen Armreifen klimperten.

»Altes Eisen?«, entrüstete sich Inge. »Das ist ja wohl nicht zu fassen! Gisela, komm, wir gehen!«

Sie stand auf und schob ihren Stuhl mit solcher Heftigkeit zurück, dass er umfiel. Gisela blickte mit wachsendem Entsetzen zwischen ihren Freundinnen hin und her.

»Wollen wir jetzt wirklich darüber streiten?«, fragte sie ungläubig.

Helga stand auf und wies mit ausgestrecktem Arm zur Tür.

»Ihr könnt jetzt gehen! Von meinem Käsekuchen bekommt ihr nichts mehr.«

»Giselas Guglhupf schmeckt ohnehin viel besser«, sagte Inge und verließ mit hocherhobenem Kopf Helgas Wohnzimmer. Gisela blieb nichts anderes übrig, als ihr zu folgen.

»Hey!«, sagte Kiki, als sie auf Kai zuging, der an der Nordseite des Eisernen Stegs auf sie wartete. Er trug ein fast bis zur Brust aufgeknöpftes Hemd und eine enge Jeans, beides stand ihm wirklich hervorragend. Als Kerstin ein Hauch von seinem After Shave in die Nase stieg, beschleunigte sich ihr Herzschlag. Sie trug ein langes Sommerkleid, darüber eine legere Jeansjacke und sie konnte spüren, wie ihre Wangen zu glühen begannen, als Kai sie zur Begrüßung umarmte und ihr einen Kuss auf die Wangen drückte.

»Wie war dein Tag?«, fragte Kai, während sie gemeinsam über die Brücke schlenderten, von der sich ein atemberaubender Blick auf die Frankfurter Skyline ergab.

»Oh, ganz erfolgreich«, sagte Kiki. »Und deiner?«

Kai grinste. »Naja, bei mir gibt es nicht so viel Abwechslung. Ein Kind hat einen von diesen Metall-Luftballons gegen die Oberleitung kommen lassen, da ging für eine halbe Stunde nichts mehr. Den Knall hättest du hören sollen.«

Kiki lachte laut. »Die ganzen Pendler fanden das vermutlich nicht so lustig.«

Kai zuckte mit den Schultern.

»Also, erzähl, was hat deinen Tag heute so erfolgreich gemacht?«

Die beiden überquerten die Brücke, die bei Touristen wie Einheimischen gleichermaßen beliebt war, weil man hier ganz herrliche Fotos aufnehmen konnte. Außerdem hingen an den eisernen Balustraden unzählige Vorhängeschlösser, in die Verliebte ihre Namen eingraviert hatten. Direkt vor ihnen befestigte gerade ein Paar im Teenager-Alter ein neues Schloss an den vollkommen überladenen Eisengeländern.

Kerstin lächelte, als sie die beiden dabei beobachteten, die sich anschließend leidenschaftlich küssten.

»Das ist nicht so ohne«, bemerkte Kai mit einem Grinsen. »In Köln mussten sie eines dieser Geländer abnehmen, weil es sonst abgebrochen und in den Rhein gefallen wäre.«

»Also, ich finde es romantisch«, sagte Kiki und ihr Lächeln wurde noch eine Spur breiter. »Du nicht?«

Kais Mundwinkel zuckten.

»Doch«, sagte er lachend. »Ein wenig schon.«

Er streckte seine Hand aus und griff Kerstins und sie ließ es geschehen. Es war herrlich, hier Hand in Hand mit Kai entlang zu schlendern. Das Mainufer war voll von Joggern und Spaziergängern, auf den Decken saßen kleine Gruppen und tranken Apfelwein.

»Also, verrätst du es mir?«

Während sie auf das Sachsenhäuser Ufer zusteuerten, um sich dort in eine der vielen Kneipen zu setzen, die schon am frühen Abend gut besucht waren, erzählte ihm Kiki von dem Erlebnis mit der jungen Mitarbeiterin. So lebhaft standen ihr die Ereignisse wieder vor Augen, dass sie nicht bemerkte, dass Kai immer stiller und stiller wurde. Seine gute Laune war schlagartig verschwunden.

»Scheint, als würdest du wirklich alles herausfinden, hm?«, sagte er, als Kiki mit ihrer Erzählung fertig war.

»Ja, wenn es mit IT zu tun hat, dann schon«, sagte sie, abgelenkt von einem weiteren Pärchen, das eifrig mit einem Selfie-Stick Fotos von sich schoss.

Sie hatten das andere Ufer erreicht und Kiki fragte: »Auf was hast du Lust? Mehr auf Musik oder auf leckere Cocktails?«

»Keine Ahnung«, gab Kai einsilbig zurück. Er wirkte auf einmal seltsam verschlossen. Kiki runzelte die Stirn. Welche Laus war ihm denn über die Leber gelaufen?

»Also, mir ist mehr nach Musik. Wollen wir in das Spritzenhaus? Oder lieber in das Speak Easy?«

Kai schüttelte den Kopf. »Ne, da ist es mir viel zu laut, außerdem hängen da komische Typen rum.«

»Hey, was ist denn mit dir los?«, fragte Kiki. »Alles in Ordnung?«

Kai sah sie an, sein Gesicht war wie eine verschlossene Festung. Irgendetwas war ihm auf das Gemüt geschlagen, aber was? In Gedanken ging Kiki alles durch, was sie in den letzten zehn Minuten gesagt hatte, doch ihr fiel nichts auf, was ihn gestört haben könnte. Ärgerte es ihn, dass sie so viel über die Arbeit sprach? Aber er hatte sie doch danach gefragt.

»Weißt du, ich habe auf einmal Kopfweh«, sagte Kai. »Ich glaube, wir sollten nur irgendwo einen Tee oder einen Kaffee trinken und dann lege ich mich zu Hause ins Bett.«

Seine Worte versetzten Kiki einen Stich. Er erteilte ihr eine Abfuhr, einfach so. Eben war doch noch alles in Ordnung gewesen. Lag es an der Geschichte mit Katharina Schönfeld? Hatte er Angst, dass sie etwas über ihn herausfand? Etwa die Sache mit dem Video?

Sie setzten sich in ein kleines Café am Rand von der Sachsenhäuser Partymeile, das vermutlich in der nächsten Stunde schließen würde und bestellten sich zwei Kaffee. Eigentlich war dieser Abend ganz anders gedacht.

»Es gibt da etwas, über das ich gerne mit dir reden wollte...«, setzte Kiki vorsichtig an, als das Schweigen zwischen ihnen beiden unerträglich zu werden drohte.

»Also, ich bin ja Kickers Fan«, unterbrach sie Kai plötzlich. »Ich wohne zwar in Frankfurt, aber ich finde die Eintracht nicht sonderlich toll.«

»Du willst mit mir über Fußball reden?« Kiki riss die Augen auf. »Ich wollte eigentlich...«

»Ja, also eigentlich muss ich jetzt dringend los.« Kai winkte den Kellner heran, zahlte für sie beide und sprang auf.

»Wir sehen uns, ok?« Damit war er aus der Tür und ließ
die mehr als verdatterte Kiki allein in dem beinahe leeren
Café zurück.

»Na, sowas habe ich auch noch nie erlebt«, murmelte sie,
stand auf und nahm sich ihre Tasche. Für die verliebten
Paare hatte sie keinen Blick mehr, als sie über den
Eisernen Steg lief, um am Römer in die U-Bahn zu
steigen.

Sie hatte Glück. Kaum hatte sie den Bahnsteig erreicht,
kam mit lautem Rattern eine U-Bahn herangebraust.
Menschen stiegen aus und Kerstin stieg ein. Es war noch
früh genug, dass viele Berufspendler unterwegs waren,
doch es mischten sich auch viele Menschen darunter, die
irgendwo in den Kneipen und auf den Grünflächen der
Stadt ihren Feierabend genießen wollten.

Kiki setzte sich auf einen freien Platz und lehnte ihren
Kopf an. Diesen Abend hatte sie sich so ganz anders
vorgestellt. Sie zog ihr Handy aus ihrer Tasche und
scrollte durch ihren Social Media Feed. Verdutzt hielt sie
inne, als sie auf einmal überraschend ein vertrautes
Gesicht entdeckte. »Oma!«, sagte sie halblaut und
startete das Video der Polizei Frankfurt, das vor den
Enkel-Trick-Betrügern warnte.

»Oma? Oma! Bist du da? Ich bin schon wieder zurück!«, rief Kiki, als sie die Haustür aufschloss. Der Flur lag im Dunkeln, doch in der Küche war Licht.

Sie fand Gisela vor ihrem aufgeklappten Laptop, die Augen weit aufgerissen.

»Ich habe dein Video gesehen. Das ist ja großartig geworden«, begrüßte Kiki sie. »Du kommst richtig gut rüber. Und das Video hat richtig viele Likes bekommen, ich glaube, das geht viral. Du wirst ein Online-Star!«

Sie drückte Oma Gisela einen Kuss auf die Wange.

»Was ist los?«, fragte sie, als sie deren entgeisterten Gesichtsausdruck sah.

»Fritz hat mir geantwortet«, sagte Gisela, noch immer, ohne sie anzusehen.

»Ehrlich? Aber das ist ja großartig? Was hat er denn geschrieben?«

Kiki blickte auf den Bildschirm. Als sie sah, was das Display anzeigte, verfinsterte sich ihr Gesichtsausdruck.

»Oma, was ist das denn? Was hast du gemacht?«

Hastig begann sie, auf den Tasten herumzuklicken.

»Was ist das denn für eine Anzeige? Und wo kommt das Piepen her?«

»Ich habe die E-Mail geöffnet. Also, die E-Mails, da waren nämlich mehrere, alle von ihm. Und auf einmal ging das mit dem Piepen los, das wurde ganz schön verrückt. Alles Mögliche fing an zu blinken. Ich wollte dich schon anrufen, aber ich wusste ja, dass du auf einem Date bist. Warum bist du überhaupt schon wieder hier?«

»Das erzähle ich dir später«, sagte Kiki, setzte sich auf den Stuhl neben Gisela und zog den Laptop zu sich rüber.

»Du hast dir einen Virus eingefangen, Oma!«

Gisela schlug die Hand vor den Mund.

»Was? Ernsthaft? Wie schlimm ist es? Was ist das für ein Virus? Was kann es uns antun?«

Sie sprang auf, riss die Küchenschublade auf und zerrte das Desinfektionsmittel hervor.

Kiki, die das alles beobachtete, bemerkte: »Oma, das hatten wir doch schon. Die Viren aus dem Internet sind keine echten Viren und vor allem für uns Menschen nicht ansteckend.«

»Na und«, gab Gisela zurück und besprühte großflächig ihre Hände, um sie dann hektisch aneinander zu reiben. Der durchdringende Geruch von Alkohol breitete sich in der Küche aus. »Sicher ist sicher«, verkündete sie.

Kiki rollte mit den Augen und versuchte dann, das Antivirus-Programm auf dem Laptop zu starten, ohne Erfolg.

»Mmh«, machte sie. »Da hast du dir aber etwas Hartnäckiges eingefangen. Was stand denn überhaupt drin?«

»Wo drin?«, fragte Gisela, die zum Kühlschrank ging, um die angebrochene Flasche Eierlikör herauszuholen.

»Na, in der E-Mail von Fritz«, sagte Kiki.

Gisela goss sich etwas von dem Eierlikör ein und kippte das Glas dann in einem Zug in sich hinein.

»Das weiß ich nicht«, sagte sie, nachdem sie das Glas abgestellt hatte.

»Wie, das weißt du nicht?«

»Na, als ich die E-Mail geöffnet hatte, kam sofort dieser Hinweis und ich konnte nicht lesen, was er geschrieben hat.«

»Das finden wir schon raus. Schenkst du mir auch ein Glas ein? Und am besten kochst du mir auch gleich einen Kaffee. Das wird eine lange Nacht. Zum Glück habe ich morgen frei.«

Es war bereits weit nach Mitternacht, als Kiki von ihrem Kampf mit dem Virus eine Pause machte und nach ihrem Handy griff. Einem plötzlichen Impuls folgend schrieb sie Kai eine Nachricht.

ICH HOFFE, DIR GEHT ES BESSER. HABE ICH IRGENDETWAS FALSCHES GESAGT?, schrieb sie.

Zu ihrer Verwunderung ging Kai sofort online und las ihre Nachricht. Offensichtlich war er noch wach.

JA, ALLES IN ORDNUNG, antwortete er. ABER ES IST VERMUTLICH BESSER, WENN WIR UNS NICHT MEHR SEHEN. ICH BIN EINFACH NOCH NICHT SO WEIT. ICH HOFFE, DU KANNST DAS VERSTEHEN. ALLES LIEBE, KAI.

Kiki starrte auf das Handy-Display.

»Das darf doch nicht wahr sein«, seufzte sie. Sie widerstand dem Impuls, ihm zu antworten. Eigentlich sollte sie ihm schreiben, dass sie über das Video Bescheid wusste und dass es keinen Grund gab, sich deswegen zu schämen; mehr noch, dass man sogar etwas dagegen machen konnte, doch anscheinend wollte Kai ihr dazu keine Gelegenheit mehr geben.

»Dann ist es eben so«, murmelte sie und schenkte sich den letzten Tropfen aus der Eierlikör-Flasche ein. Während sie an dem Glas nippte, nahm sie sich vor, morgen endlich im Supermarkt guten Wein und Bier zu kaufen.

»Eierlikör macht nämlich dick«, sagte sie und nahm sich vor, Kai ein für alle Mal zu vergessen. Sie war nicht der Typ Frau, der einem Mann hinterherlief, ganz gleich, wie viel Verständnis sie für seine Situation aufbrachte. Jetzt hatte sie ohnehin erst einmal Wichtigeres zu tun – nämlich den Laptop von Oma Giselas Virus zu befreien.

»Hast du die gezuckerte Kondensmilch?«, fragte Gisela, während Kiki vor dem Weinregal im Supermarkt stand und die Etiketten studierte.

»Was? Oma, was ist das denn? Das klingt schon ziemlich widerlich«, protestierte Kiki.

»Du hast ja keine Ahnung. Nach dem Krieg war das das Beste, was du dir vorstellen kannst. Das, und der Nagellack, um die Löcher in den Strumpfhosen zu stopfen.«

Kiki lachte und legte ihrer Oma den Arm um die Schulter.

»Du und deine Kriegsgeschichten, Oma.«

»Bist du nicht die Oma aus dem Video?« Drei Mädchen im Teenageralter standen direkt vor ihnen und schauten abwechselnd zwischen ihren Handy-Displays und Oma Gisela hin und her.

»Die was?« Gisela blinzelte kurzsichtig über den Rand ihrer Brille hinweg.

»Na, die Oma aus dem Polizei-Video«, sagte eines der Mädchen, das die dunklen Haare seitlich zu zwei Zöpfen aufgerollt hatte und Kiki ein bisschen an Prinzessin Lea aus den frühen Star Wars Filmen erinnerte.

»Ich lasse nur meine echten Enkel rein«, ahmten sie Giselas Tonfall aus dem Video nach. »Voll cool! Machst du ein Foto mit uns?«

Ohne Giselas Antwort abzuwarten, umringten die drei Mädchen Gisela und schossen jede Menge Fotos. Kiki beobachtete das Ganze und lachte.

»Ich poste das gleich!«, sagte eines der Mädchen. »Vielen Dank! Du bist die coolste Oma der Welt. So voll viral und so!«

Gisela kehrte wieder zu ihrem halbvollen Einkaufswagen zurück und warf Kiki einen kecken Blick zu.

»Hast du das gehört? Ich bin die coolste Oma der Welt.«

»Mmh, und voll viral!«, lachte Kiki, schnappte sich zwei Flaschen Wein und legte sie in den Einkaufswagen.

»Kannst du was sehen?« Gisela reckte ihren Hals, um das kleine Café in der Nähe der Hauptwache besser im Blick zu haben.

»Nein«, antwortete Inge, die sich auf ihrem Regenschirm abstützte, den sie für alle Fälle mitgenommen hatte, obwohl sich keine Wolke am Himmel zeigte. »Sieht so aus, als würde sie da immer noch alleine sitzen.«

Die beiden hatten herausgefunden, wann sich Helga mit ihrem Harry treffen wollte, der angeblich mit einem Flug vor knapp einer Stunde gelandet war und sich jetzt auf dem Weg in die Frankfurter City befinden musste.

»Der lässt sich aber ganz schön Zeit. So lange braucht doch kein Mensch vom Flughafen bis hierher.«

»Vielleicht kommt er ja mit der Bahn«, antwortete Inge.

»Hat er kein Geld für ein Taxi?«, entrüstete sich Gisela. »Ich dachte, er ist so vermögend.«

»Schscht, sei still! Sie schaut auf ihr Handy! Schon wieder! Vermutlich hofft sie, dass er sie anruft.«

»Ich fresse einen Besen, wenn er sie anruft. Das ist ein Betrüger, wie er im Buche steht, das wissen wir doch.«

»Ein bisschen tut sie mir ja schon leid. Sie hat ihr bestes Kostüm angezogen und die Schuhe sind eindeutig neu«, bemerkte Gisela.

»Sie trinkt schon ihr drittes Glas Sekt. Wenn sie so weitermacht, ist sie betrunken, bevor ihr Prinz aus Übersee hier ankommt.«

Gisela und Inge versteckten sich hinter einem großen Altpapier-Container, in dem die umliegenden Läden ihre Verpackungen entsorgten, um Helga zu beobachten.

»Wenn sie wüsste, dass wir hier draußen sind, würde sie uns was husten.«

»Deshalb darf sie uns ja auch nicht entdecken. Wir sind hier zu ihrem Schutz. Wer weiß, was dieser Harry ausheckt!«, sagte Gisela.

»Achtung, sie steht auf! Sie kommt raus! Duck dich!«, rief Inge. Rasch kauerten die beiden sich hinter den Container.

»Wo geht sie hin? Kannst du etwas erkennen?«

»Da fährt ein Taxi vor. Vielleicht sitzt er da drin?«

»Wo?« Gisela hob den Kopf und spähte über den Rand des Containers zur anderen Seite der Straße, wo sich das Café befand.

»Nein, da steigen irgendwelche jungen Leute aus. Kein Harry. Sie steht jetzt da am Straßenrand.«

»Hat sie uns entdeckt?«

»Nein, sie starrt die ganze Zeit auf ihr Handy. Sie hat doch so eines mit extra großen Tasten.«

»So eines habe ich auch«, gab Gisela zurück.

»Jetzt geht sie die Straße hinunter«, sagte Inge, die vorsichtig um die Ecke des Containers lugte. »Sie sieht ganz schön angeschlagen aus. Vermutlich hat er ihr jetzt gesagt, dass er nicht kommt und die ganze Sache ist aufgeflogen.«

»Hoffentlich. Kannst du sehen, wo sie hingeht?«

»Ja, sie geht in die Bankfiliale am Ende der Straße. Komisch, dabei ist sie doch schon seit Jahren bei der Sparkasse. Was hat sie denn vor?«

»Los, wir müssen ihr hinterher. Und zwar schnell!«

Inge schnappte sich ihren Regenschirm und kurz darauf eilten die beiden älteren Damen, so schnell es ihre künstlichen Hüftgelenke erlaubten, die Straße hinunter bis zur Bankfiliale an der Ecke. Außer Atem stürmten sie hinein.

Helga stand gerade an dem Schalter.

»Helga!«, rief Gisela, die so abrupt bremste, dass Inge in sie hineinstolperte und sie beinahe beide aus dem Gleichgewicht brachte.

»Was macht ihr beide denn hier?«, fragte Helga, sichtlich erstaunt.

»Wir haben uns versteckt, um dich zu beschützen, sollte dieser Harry über dich herfallen oder dir etwas antun«, stieß Inge außer Atem hervor.

»Wir sind doch deine Freundinnen und müssen auf dich aufpassen«, ergänzte Gisela.

»Freundinnen?«, schnaubte Helga. »Neidisch seid ihr und gönnt mir meine junge Liebe mit Harry nicht. Das ist der Grund, warum ihr mir hinterherspioniert.«

»Tun wir gar nicht«, erklärte Gisela rasch. »Wir wollten nur sichergehen, dass dir nichts passiert.«

»Indem ihr mich verfolgt? Wer seid ihr? Sherlock Holmes und Dr. Watson?« Helga stemmte die Hände in die Hüften.

»Wo ist er denn nun, dein Harry? Trefft ihr euch etwa hier in der Bank?« Inge reckte den Hals und sah sich nach allen Richtungen um.

»Eigentlich geht euch das ja gar nichts an, aber um eure Neugier zu befriedigen: Es gab einen Zwischenfall.«

»Einen Zwischenfall?«, echote Gisela. »Was für einen Zwischenfall?«

»Also, eigentlich mehr einen Überfall. Harry wurde überfallen, in Bogotá.«

»In Bogotá? Liegt das denn in den USA?«

»Nein, dort ist er umgestiegen. Er wollte nur eine von seinen teuren Zigarren rauchen und dann kamen sie an und haben ihn ausgeraubt, bis auf den letzten Cent.«

»Oh, mein Gott! Der Arme!«, rief Inge.

Gisela stieß sie in die Seiten. »Hast du vergessen, dass er ein Betrüger ist?«, zischte sie ihr zu.

»Trotzdem muss man ihn ja nicht gleich ausrauben«, gab Inge zurück. Gisela rollte mit den Augen.

»Aber was machst du denn dann hier in der Bank? Du bist doch bei der Sparkasse?«, fragte sie an Helga gerichtet.

»Auch das geht euch eigentlich nichts an, aber ich schicke ihm Geld, per Auslandsüberweisung. Er hat mir genau erklärt, wie das geht.«

»Du machst was?« Giselas Augen weiteten sich.

»Ja, ich schicke ihm 5.000 Euro, damit er von dort wegkommt. Harry verlässt sich auf mich. Er sitzt jetzt fest in dieser Stadt voller Verbrecher und er spricht noch nicht einmal die Sprache.«

»5.000 Euro? Wofür das denn?«, fragte Gisela.

»Na, er braucht ein neues Ticket und irgendwo muss er ja heute Nacht auch schlafen und sein Pass ist weg und er muss in der Botschaft einen neuen beantragen und das kostet nun mal Geld.«

»Aber doch keine 5.000 Euro!« Gisela verschränkte die Arme vor der Brust.

»Ach, du hast doch keine Ahnung. Harry ist es gewohnt, auf großem Fuß zu leben, und er zahlt mir das Geld zurück, sobald er hier in Deutschland ist.«

»Hast du denn mit ihm gesprochen?«, erkundigte sich Gisela misstrauisch.

»Nein, sein Handyakku ist fast leer und in Bogotá haben sie andere Steckdosen. Er hat mir geschrieben. Denkt euch doch mal, welches Vertrauen er in mich hat, dass er sich an mich wendet. Das ist ihm sicher nicht leicht gefallen.«

»Leicht gefallen? Woher willst du denn wissen, ob die Geschichte stimmt? Du kannst ihm doch nicht einfach so 5.000 Euro schicken«, empörte sich Gisela.

Helga schob sich an ihr vorbei und trat in das helle Sonnenlicht vor der Bankfiliale, wo sie sich ihre Sonnenbrille überstreifte, mit der sie sich stets sehr mondän vorkam.

Inge und Gisela blieben sprachlos zurück.

»Ich meine, vielleicht ist er ja wirklich in einer Notlage und braucht Hilfe.«

»In Bogotá? Ich meine, wo liegt das überhaupt?«

»Ich glaube, in Argentinien?«

»Kolumbien, es ist Kolumbien, das weiß ich von den Kreuzworträtseln. Jedenfalls ist das eine ganz verrückte Geschichte. Es gibt doch überall Botschaften, vor allem für US-Bürger. Der muss sich doch nicht von einer wildfremden Frau 5.000 Dollar leihen«, antwortete Gisela.

»Das ist wirklich eine Menge Geld. Und dabei ist Helgas Rente gar nicht so üppig, wie sie immer tut«, bestätigte Inge. Sie blickte Helga hinter her, die fast schon hinter der nächsten Straßenecke verschwunden war.

»Hoffentlich war das kein großer Fehler. Ich befürchte, sie sieht ihr Geld nie mehr wieder.«

»Und ich befürchte, sie spricht mit uns kein Wort mehr. Wie hat sie uns genannt? Sherlock Holmes?«

»...und Dr. Watson«, bestätigte Gisela düster. Sie erspähte gerade noch den letzten Zipfel von Helgas gutem Kleid und den roten Lackschuhen.

6. Vom Segen und Fluch moderner Kommunikation

Obwohl es bereits Mittag war, saß Kiki noch immer in ihrem Schlafanzug in Giselas Küche und kämpfte mit dem virenverseuchten Laptop. Vor ihr stand ein Teller mit einem angebissenen Croissant und daneben eine leere Tasse Kaffee. Seit nunmehr fast 24 Stunden versuchte sie, die Schadsoftware von dem Computer zu bekommen, bisher ohne Erfolg.

»So etwas Hartnäckiges habe ich noch nie erlebt«, murmelte sie müde und strich sich eine ihrer ungekämmten Haarsträhnen aus dem Gesicht. Der Bildschirm des Computers zeigte ihr Spiegelbild und sie schnitt sich selbst eine Grimasse. Eine heiße Dusche wäre jetzt genau das Richtige, doch irgendwie konnte sie sich zu nichts aufraffen.

Auch wenn sie es nicht zugab, so setzte ihr die Sache mit Kai zu. Er hatte sie einfach so abserviert, ohne ihr die Chance zu geben, über das, was zwischen ihnen stand, zu reden. Dabei konnte sie noch nicht einmal was für die blöde Sache mit dem Video. Sie hatte sogar vorgehabt, ihm dabei zu helfen, doch er hatte sie gar nicht zu Wort kommen lassen.

Einfach aufgestanden und gegangen war er, auf und davon, und hatte sich dann mit einer Textnachricht abgemeldet. ALLES LIEBE, KAI traten Kerstin die letzten Worte seiner Textnachricht vor Augen.

»So ein blöder Typ!«, murmelte sie. Sie wünschte sich, sie könnte wütend auf ihn sein oder zumindest verärgert, doch sie fühlte nur heftige Enttäuschung und sogar so etwas wie Schmerz.

»Sei nicht albern, Kiki«, mahnte sie sich selbst. »Oma Gisela würde dich jetzt einen verliebten Backfisch nennen. Und vermutlich hat sie damit recht.«

Sie seufzte und barg den Kopf in den Händen.

»Da trifft man einmal einen Mann, mit dem es auf Anhieb funkt und dann haut er ab, nur weil er vor 10 Jahren mal eine große Dummheit begangen hat und Angst hat, dass ich es herausfinde.«

Sie angelte nach ihrem Handy. Zum gefühlt 100. Mal begann sie, eine Nachricht an Kai zu verfassen, die sie dann wieder löschte, ohne sie abzusenden.

So sehr sie auch ihn denken musste und das Gefühl hatte, dass zwischen ihnen noch nicht alles gesagt war, so sehr stand ihr auch ihr eigener Stolz im Weg.

»Nein!«, sagte sie entschieden und legte das Handy weg. »Kiki Liebert läuft keinem Mann hinterher. Wer nicht will, der hat schon.« Sofort aber beschlich sie wieder ein anderes Gefühl, Mitgefühl nämlich. Kai musste ganz schön einsam sein, wenn er solche Angst hatte, dass jede neue Frau in seinem Leben das mit dem Video herausfand. Aber vielleicht hatte er das gar nicht.

Vielleicht hatte er das nur bei Frauen, die sich mit IT auskannten.

»Verfluchte Vorurteile«, murmelte Kiki und stand auf. Sie streckte sich und gähnte und überlegte, ob sie erst noch einen Kaffee trinken sollte oder direkt unter die Dusche gehen sollte.

»Ich meine, mittlerweile hatte er ja auch Zeit, darüber nachzudenken, was er da möglicherweise verloren hat und hätte sich melden können. Warum muss ich den ersten Schritt machen?«

Sie kreiste mit den Hüften, um die Anspannung in ihrem hinteren Rücken zu lösen, dann klappte sie den Laptop zu.

»Um dich kümmere ich mich später. Vielleicht kaufe ich auch einen neuen. Ich habe es nämlich satt, kaputte Sachen reparieren zu müssen. Ich wünsche mir, dass einmal die Dinge funktionieren, einfach so. Ist das wirklich zu viel verlangt?«

Sie blickte zur Uhr. Ob Gisela und Inge mit ihrer Verfolgung von Helga und ihrem Harry inzwischen Erfolg hatten? Sie griff wieder nach ihrem Handy und wählte Giselas Nummer. Sie verdrehte die Augen, als sie wieder nur die Mailbox hörte.

»Es wird Zeit, dass Gisela ein richtiges Handy bekommt. Eines, mit dem sie auch die E-Mails abrufen kann.

Vielleicht fahre ich wirklich in die Stadt und kaufe ihr eines.«

Sie gähnte erneut herzhaft und schlurfte dann in den Flur. Kurz darauf war das Rauschen der Dusche zu hören. Das warme Wasser weckte ihre Lebensgeister. Auch, wenn sie es nicht zugab, so war sie fast dankbar für den Virus auf dem Laptop, immerhin hatte der sie in den letzten beiden Tagen so sehr beschäftigt, dass sie nicht zum Nachdenken über Kai gekommen war. Ausgiebig seifte sich Kiki ein und gab ordentlich Shampoo in ihre Haare.

Obwohl sie sich erst ein paar Mal gesehen hatten, war zwischen ihnen dieses besondere Etwas, dieses Kribbeln im Bauch, das man eigentlich nur verspürte, wenn man ein Teenager war. Sie hatte nicht mehr erwartet, dieses Gefühl noch einmal zu fühlen, aber die Liebe war eben immer für eine Überraschung gut.

Kiki hielt mitten in der Bewegung inne. Shampoo tropfte ihr von den Haaren auf die Stirn, doch sie wischte es nicht beiseite. Was hatte sie da gerade gedacht? Liebe?

»Verfluchte Scheiße!«, fluchte sie und meinte damit nicht nur das Shampoo, das ihr in die Augen lief und dort ein heftiges Brennen verursachte.

Als Kiki kurz darauf mit einem Handtuch um den Kopf wieder die Treppe herunterkam, fand sie Gisela und Inge, noch in Jacke und Schuhen, am Küchentisch vor. Neben Inge lehnte ihr Regenschirm.

»Na, nu, da seid ihr ja wieder? Und konntet ihr einen Blick auf Harry werfen?«, neckte sie die beiden, während sie sich die Haare frottierte.

»Es gibt keinen Harry«, knurrte Gisela und leerte das kleine Glas mit Klarem, das vor ihr stand.

»Dafür ist Helga jetzt um 5.000 Euro ärmer«, fügte Inge hinzu.

»Sie ist was?«, fragte Kiki und setzte sich zu den beiden an den Küchentisch.

»Er hat ihr eine Geschichte aufgetischt. Angeblich ist er in Argentinien gestrandet und brauchte dringend Geld«, versuchte Inge, Kiki die Angelegenheit in knappen Worten zu schildern.

»Kolumbien, Bogotá ist in Kolumbien«, unterbrach sie Gisela.

»Na, wie auch immer. Jedenfalls hat ihm Helga 5.000 Euro geschickt, damit er von da wegkommt. Sie behauptet, er gibt ihr das Geld später wieder, wenn er dann hier in Deutschland ankommt.«

»Das ist nicht wahr, oder?«, fragte Kiki und riss die Augen auf. »Aber ihr habt ihr doch von den Romantic Scammern und dem Ganzen erzählt?«

»Ja, natürlich, aber sie wollte nicht hören. Sie hat behauptet, wir würden ihr ihren Harry neiden. Pah!«, machte Gisela.

»Jetzt will sie nicht mehr mit uns reden«, sagte Inge. »Dabei wollten wir sie doch nur beschützen.«

Eine Weile breitete sich Schweigen zwischen den drei Frauen am Tisch aus.

»Naja«, meldete sich Gisela als Erstes zu Wort. »Immerhin müssen wir jetzt nicht mehr ihren grauenhaften gekauften Kuchen essen.« Sie klopfte mit beiden Händen auf den Küchentisch und stand auf. Sie ging zum Küchenschrank und nahm ihre Schürze heraus.

»Was hast du vor?«, staunte Kiki.

»Ich backe. Dabei kann ich am besten nachdenken«, beschied ihr Gisela und war schon dabei, Eier und Mehl hervorzuholen.

Kiki stand auf, küsste ihre Oma auf die Wange und verschwand im Flur. »Ich fahre noch einmal in die Stadt«, rief sie von draußen.

»Pass auf dich auf«, murmelte Gisela, die schon voll und ganz mit ihrem Kuchen beschäftigt war, während sich Inge rasch noch ein Glas von dem Marillenschnaps genehmigte, der geöffnet auf dem Tisch stand.

Als Kiki knapp zwei Stunden später zurückkam, wurde sie von dem köstlichen Geruch eines frisch gebackenen Gugelhupfs begrüßt.

»Oma Gisela?«, rief Kiki vom Flur aus. »Bist du da?«

»Jaaa, ich bin in der Küche, mein Kind«, antwortete Gisela. Sie saß, die Schürze noch um, am Küchentisch. Neben dem Gugelhupf stand auch ein Blechkuchen mit Schmand und Zimt auf dem Tisch.

»Himmel, Oma, wer soll das denn alles essen?«, fragte Kiki.

»Ich weiß es doch auch nicht«, seufzte Gisela. »Ich musste einfach nachdenken und da hat ein Kuchen nicht gereicht. Um ehrlich zu sein, könnte ich immer weiter backen. Mir fällt nämlich beim besten Willen kein Weg ein, um Helga zu helfen.«

Kiki zog sich einen Stuhl heran.

»Vielleicht musst du einfach akzeptieren, dass Helga ihre eigenen Erfahrungen macht, so negativ sie auch sein mögen. Mehr als warnen, kannst du sie nicht.«

»Aber Helga ist eine meiner ältesten Freundinnen. Wir haben schon so viel zusammen erlebt. Da war die Kaffeefahrt nach Rothenburg ob der Tauber oder der Nordsee-Urlaub auf Büsum. Seit Jahren trinken wir zusammen Kaffee, vor allem, seit wir alle Witwen sind.

Und dann kommt da so ein Harry daher und sie vergisst das alles.«

»Aber trotzdem ist Helga eine erwachsene Frau und für sich selbst verantwortlich«, setzte Kiki erneut an.

»Ach«, machte Gisela mit einer wegwerfenden Handbewegung. »Sie verhält sich schlimmer als ein verliebter Backfisch. 5.000 Euro, stell dir das vor! Die sind jetzt futsch!«

»Naja, Helga wird es auch ohne das Geld nicht schlecht gehen. Wichtig ist, dass sie selbst dahinter kommt, was es mit diesem Harry auf sich hat. Aber Illusionen sind eben sehr hartnäckig.« Kiki seufzte und zog eine Tüte hervor.

»Aber jetzt mal etwas anderes: Ich habe dir ein Smartphone gekauft. Das ist wie ein Laptop, nur in klein. Vor lauter Viren haben wir uns nämlich gar nicht um den Inhalt der E-Mail von Fritz gekümmert. Möchtest du denn gar nicht wissen, was drin steht?«

Gisela riss die Augen auf. »Ja, richtig! Was steht denn drin?«

Kiki legte den kleinen Karton mit dem Smartphone auf Seite und stand auf, um den Laptop zu holen. Sie klappte ihn auf und startete das Mailprogramm. Noch immer blinkte die Virenanzeige, doch Kiki ignorierte sie.

LIEBE GISELA, ÜBER DEINE E-MAIL HABE ICH MICH SEHR GEFREUT. SEIT FAST 15 JAHREN LEBE ICH AUF HAWAII. SEIT MICH MEINE LIEBE EHEFRAU VERLASSEN HAT – SIE STARB 2001 – HAT MICH NICHTS MEHR IN DEUTSCHLAND GEHALTEN. UMSO GLÜCKLICHER MACHT ES MICH, VON DIR ZU HÖREN. IN ALL DEN JAHREN HABE ICH DICH NIE VERGESSEN. MIT DEN LIEBSTEN GRÜßEN, FRITZ.

»Huch«, machte Oma Gisela und griff sich an die Brust. »Da kommt ja glatt mein altes Herz ins Stolpern.«

Kiki warf ihrer Großmutter einen besorgten Blick zu.

»Mach keine dummen Sachen, Oma! Ich braue dich noch!«

Die beiden kicherten.

»Hach, er ist noch ganz der Alte. Ein echter Charmeur.«

»Er hat dir auch ein Foto mitgeschickt. Ich konnte es die ganze Zeit wegen dem Virenalarm nicht öffnen, aber immerhin habe ich inzwischen wenigstens dieses Problem gelöst.«

Kiki bewegte die Maus und klickte das Foto an. Auf dem Bildschirm öffnete sich das Bild eines braungebrannten Seniors in einem hellen Leinenanzug und mit Strohhut.

»Fesch ist der, dein Fritz!«, rief Kiki und lachte. Gisela fiel in ihr Lachen ein.

»Ja, das war er schon immer, mein Fritz. Aber was soll ich ihm denn jetzt antworten? Und außerdem sind da ja noch immer die Viren drauf!«

»Keine Sorge, dafür habe ich dir doch das Handy gekauft. Bei der E-Mail gibt es nämlich noch ein P.S., ganz altmodisch.«

P.S.: NUTZT DU EINE CHAT-APP? DAS HIER IST MEINE HANDYNUMMER. DORT KÖNNTEN WIR UNS EIN WENIG UNKOMPLIZIERTER SCHREIBEN ALS PER E-MAIL, ABER NUR, WENN DU MAGST, LIEBSTE GISELA.

»Liebste Gisela?«, lachte Gisela. »Na, da trägt er aber reichlich dick auf. Aber er ist in der Tat noch ein gut aussehender Mann. Mit ihm kann man sich sehen lassen. Und er ist kein Windei wie dieser Harry!«

»Nein, deinen Fritz gibt es wohl wirklich, auch wenn er ziemlich weit weg lebt. Aber zum Glück gibt es ja Flugzeuge.«

Kiki nahm das Smartphone aus der Verpackung. Sie legte die SIM-Karte ein und schaltete es ein. Dann schob sie Gisela ein kleines Kärtchen zu.

»Auf dem Kärtchen steht deine neue Handynummer. Am besten lernst du sie auswendig. Ich habe sie in meinem Handy schon eingespeichert. Und jetzt speichern wir Fritzs Handynummer ein.«

Flink tippte sie die Zahlen in das Handy und speicherte die Nummer unter Fritzs Namen ab.

»Ich installiere jetzt eine Chat-App und dann kannst du dir ganz unkompliziert mit Fritz Nachrichten schicken. Auch Fotos!«

»Fotos?«, wunderte sich Gisela. »Wovon denn?«

»Na, zum Beispiel von dir. Oder von deinen Kuchen. Oder von deinem Garten. Zeig ihm einfach deine Welt, wenn ihr euch schon nicht so besuchen könnt.«

Sie fügte Fritzs Nummer in der Chat-App hinzu und wie von Zauberhand erschien sein Profilbild, das gleiche Foto, das er auch als Anhang der E-Mail verschickt hatte.

»Hier, jetzt kannst du ihm schreiben«, sagte Kiki und reichte Oma Gisela das Handy.

»Aber was soll ich denn schreiben?«, fragte diese und griff sich wieder an die Brust.

»Etwa, dass du dich über seine E-Mail gefreut hast und dass er gut auf dem Foto aussieht und dann schickst du ihm ein paar Fotos von dir, damit er sieht, dass du dich auch nicht verstecken musst. Das Smartphone hat eine richtig gute Kamera. Du kannst sogar kurze Videos von dir aufnehmen. Und wenn ihr möchtet, könnt ihr über die App sogar telefonieren, sogar Video-Telefonie.«

»Obwohl er in Hawaii ist?«, staunte Gisela.

»Na, klar. Im Internet gibt es keine räumlichen Entfernungen, sondern nur Datenmengen, die transportiert werden müssen. Und wir haben hier eine wirklich gute Leitung. Schau mal, du bist hier im Wlan von Zuhause. Aber wenn du draußen unterwegs bist, dann hast du 4G, das ist eine schnelle, mobile Internetverbindung, zumindest wenn du im Netz bist. Leider hinkt Deutschland da immer noch ein wenig hinterher. In anderen Ländern gibt es ein viel besser ausgebautes mobiles Internet. In Estland zum Beispiel, aber auch in Skandinavien.«

»Ist das so? Ich dachte immer, Deutschland ist eine Art Vorreiter in Techniksachen. Früher hieß es, auf Technik aus Deutschland kann man sich verlassen und dafür mag man uns Deutsche überall in der Welt«, dachte Gisela laut nach.

»Ja, das stimmt auch nach wie vor, aber was Digitalisierung angeht, hinken wir leider hinterher. Sowohl das mobile Netz als auch der Breitband-Anschluss verweisen uns auf die hinteren Plätze im weltweiten Vergleich. Da muss Deutschland ganz dringend etwas machen. Breitband bedeutet, dass möglichst viele Daten in hoher Geschwindigkeit hin- und hertransportiert werden können. Hinzu kommt, dass die Digitalisierung in Deutschland vor allem von einzelnen Unternehmen und Start-Ups vorangetrieben wird, es gibt keine übergeordnete, von der Regierung unterstützte Agenda. Man hat zwar inzwischen erkannt, welche Risiken das birgt, wenn wir den digitalen Anschluss verpassen, aber so richtig an das Umsetzen ist man noch nicht gekommen.«

»Kiki, Liebchen, dann sollten die mal dich beauftragen. Du würdest denen schon zeigen, wie das mit der Digitalisierung funktioniert«, sagte Gisela mit dem Brustton der Überzeugung. »Ich meine, denk mal, wie das früher war. Da hätten der Fritz und ich uns Briefe schreiben müssen, die dann zwei Wochen unterwegs gewesen wären, wenn sie überhaupt angekommen wären. Ich weiß noch, wie das für die Mädchen aus meiner Klasse war, die sich in einen der GIs verliebt haben. Wenn die dann zurück in die USA gingen, blieben ihnen auch nur Briefe.«

»Oder sie haben gleich geheiratet«, bemerkte Kiki.

Gisela lachte. »Naja, ich werde auf meine alten Tage wohl kaum noch einmal vor den Altar treten. Nein, nein, mein Kind, für mich gab es nur einen Ehemann und das war dein Opa, Gott habe ihn selig.«

Kiki stupste Gisela in die Seiten. »Na, und? Das heißt doch nicht, dass du dich nicht mehr verlieben kannst. Nur bitte nicht in jemanden wie Harry! Na, los, jetzt schreib deinem Fritz etwas!«

Sie drückte Gisela das Smartphone in die Hand und zeigte ihr, wie sie die Tastenfunktion bediente. Ein wenig umständlich, aber durchaus flüssig, gab Gisela eine längere Nachricht ein.

HALLO FRITZ, HIER IST GISELA. ICH HABE MICH SEHR ÜBER DEINE E-MAIL GEFREUT. HAWAII IST IN DER TAT EIN GANZES STÜCK WEG, DOCH DANK DER MODERNEN TECHNIK LÄSST SICH DIE ENTFERNUNG JA LEICHT ÜBERWINDEN.

Grinsend beobachtete Kiki ihre Großmutter bei ihren ersten digitalen Gehversuchen mit dem Smartphone, dann klappte sie den Laptop auf und startete seufzend einen umfangreichen Prozess, bei dem sie alle Daten löschte und das Betriebssystem neu aufsetzte. Eigentlich hatte sie das vermeiden wollen, doch alle Wiederherstellungsversuche hatten sich als nutzlos erwiesen.

Nach einer Weile schlich sich erneut der Gedanke an Kai in ihren Kopf. Wie sollte sie mit der Sache umgehen? Ganz sicher wollte sie ihm nicht hinterherlaufen, doch sie konnte auch nicht bestreiten, dass er in ihren Gedanken nach wie vor eine Rolle spielte.

»So eine verflixte Situation«, flüsterte sie so leise, dass es Oma Gisela nicht hörte. Diese war ohnehin mit dem Smartphone beschäftigt. Das gelegentliche »Pling« verkündete, dass eine neue Nachricht von Fritz eingegangen war. Mit einem Grinsen beobachtete Kiki, dass sich die Wangen ihrer Großmutter bei jedem neuen »Pling« ein wenig mehr röteten. Für manche Dinge wurde man eben nie zu alt!

Plötzlich klingelte es an der Tür.

»Erwartest du jemanden?«, fragte Kiki.

»Nein, höchstens Inge, aber die würde vorher anrufen.«

Kiki stand auf und ging zur Tür.

Auf dem Absatz stand eine junge Frau mit schwarzem Pferdeschwanz, Tanktop und Shorts.

»Ja, bitte?«, sagte Kiki.

»Hallo, ich bin Alex«, sagte die junge Frau.

»Hallo, Alex!«

»Entschuldige, dass ich hier so old school und unangekündigt vor der Tür stehe, aber ich habe das Video von deiner Oma gesehen und gehört, dass du so etwas wie eine Expertin mit Computern und so bist.«

Kiki runzelte lächelnd die Stirn.

»Das ist mein Job, ja«, sagte sie gedehnt, in Erwartung, herauszufinden, was es mit diesem ungewöhnlichen Besuch auf sich hatte. In Alex Nase steckte ein Ring und auf ihrem T-Shirt stand eine Aufschrift, die Kiki nicht verstand.

»Genau so jemand suchen wir«, sagte Alex strahlend. »Kann ich reinkommen und dir von meiner Idee erzählen?«

Kiki hob verwundert eine Augenbraue, trat aber beiseite, um Alex hereinzulassen. Etwas an der jungen Frau erregte ihr Interesse, auch wenn sie sie noch gar nicht kannte.

»Meine Oma hat Kuchen gebacken«, sagte Kiki, während sie Alex in die Küche führte.

»Oma, das ist Alex!«, sagte Kiki, doch Gisela war so mit ihrem Smartphone beschäftigt, dass sie kaum aufsah, um die ungewöhnliche Besucherin in Augenschein zu nehmen.

»Setz dich!«, sagte Kiki. »Magst du einen...Tee?« Alex erschien ihr so jung, dass sie nicht wusste, ob es richtig gewesen wäre, ihr Kaffee oder Alkohol anzubieten. Überhaupt, tranken junge Leute so etwas noch? Waren die nicht alle verrückt nach diesem Mate-Tee?

»Also, was kann ich für dich tun?«, fragte Kiki, als sie sich mit einem Glas Wasser Alex gegenüber setzte, während diese in beachtenswerter Geschwindigkeit ein großes Stück des Schmandkuchens verschlang.

»Also, es geht um eine Plattform«, sagte Alex kauend und schob den leeren Teller beiseite. »Uns, also mir und meinen Freunden, ist nämlich aufgefallen, dass die Leute hier im Viertel nach und nach vereinsamen. Früher war das hier ja voll die Boomer-Hochburg...«

»Moment, Moment, das hier war was?«, fragte Kiki und legte irritiert die Stirn in Falten.

»Na, Boomer. Also alte Leute. Nicht so richtig alte, wie deine Oma, sondern die mittelalten. Die Elterngeneration, meinetwegen.«

»Ach so!«, rief Kiki und klatschte in die Hände. »Du meinst die Babyboomer!«

»Ja, genau die«, sagte Alex und nickte. »Also, die, die ein bisschen älter sind als du. Nicht, dass du alt bist.« Sie strahlte Kiki an. Diese unterdrückte nur mit Mühe ein Grinsen. Sie schätzte Alex auf höchstens Anfang 20. Aus ihrer Perspektive musste sie tatsächlich schon eher zu der älteren Generation gehören.

»Jedenfalls weiß ja jeder, dass die es nicht so mit Technik und so haben, aber sich ansonsten für sehr schlau halten«, fuhr Alex fort und leckte sich ungeniert die Finger ab, an denen noch etwas brauner Kandiszucker klebte, den Oma Gisela gemeinsam mit dem Zimt auf den Schmand gestreut hatte. »Die meisten sind aber inzwischen weggezogen, weil die Kinder groß sind oder sie sich scheiden lassen haben, oder sonstige typischen Boomerprobleme haben, so dass hier vor allem ganz alte und sehr junge Menschen wohnen. Ich zum Beispiel wohne in einer WG am Ende der Straße. Wir sind zu viert, Studenten, Lebenskünstler, Backpacker.«

»Back...- was?«, fragte Kiki.

»Na, Leute, die nur mit ihrem Rucksack durch die Welt reisen und mal hier und mal da Station machen«, erklärte Alex geduldig.

»Okee«, antwortete Kiki gedehnt, deren Kopf vor lauter Jugendsprache schwirrte. Natürlich kannte sie die meisten Begriffe durch die sozialen Netzwerke, doch nicht mit allen Worten konnte sie sofort etwas anfangen. Gut, dass sich Alex zumindest die Zeit nahm, sie zu erklären, wenn auch durchaus mit einem leicht überheblichen Unterton. Kiki amüsierte das. Durch ihren Beruf hatte sie oft mit sehr jungen Menschen zu tun und sie wusste aus eigener Erfahrung, dass es das Vorrecht dieser Altersgruppe war, zu denken, dass man die Welt besser verstand als alle vorangegangenen Generationen. Sie fand das eher rührend als ärgerlich, immerhin sorgte das Leben sehr zuverlässig dafür, dass jede Generation irgendwann feststellen musste, dass sie eben doch nicht alle Antworten hatten und dass irgendwann zuverlässig eine neue, noch jüngere Generation heranwuchs und die

Position der von sich überzeugten Rebellen im Namen des Fortschritts übernahm.

»Also, worum es uns geht, ist eine Plattform, auf der sich junge und alte Leute anmelden können, um mehr in Kontakt zu treten. Sie sollen nicht mehr so einfach nebeneinander herleben, wie das hier im Viertel leider oft der Fall ist.«

Kiki legte den Kopf schief. »Aber könnte man sich dann nicht auch einfach auf der Straße unterhalten? Ich meine, dort begegnet man sich doch, oder?«

»Ach, das ist doch viel zu old school«, sagte Alex und winkte ab. Old school schien eines ihrer Lieblingsworte zu sein. »Die Leute wollen es digital und sie lieben Plattformen. Ich stelle mir das so vor: Auf der Plattform kann man Sachen einstellen, was man nicht mehr braucht oder anbieten, wenn man etwas reparieren kann oder auf die Kinder aufpasst. Alte Menschen passen doch gerne auf Kinder auf.«

»Ich würde das vielleicht nicht so generalisieren, aber ich weiß, was du meinst«, sagte Kiki erheitert über Alexs Hang zu naiven Verallgemeinerungen, auch das ein Vorrecht der Jugend. »Du sprichst von einer Plattform für Nachbarschaftshilfe. Von denen gibt es schon einige. Warum nutzt ihr die nicht einfach?«

»Weil die älteren Leute sie nicht nutzen. Die meisten wissen ja nicht mal, dass es so etwas gibt, und wenn sie es wissen, dann kapieren sie nicht, wie es funktioniert. Ich glaube, das ist ihnen alles zu unpersönlich«, sagte Alex und blickte neugierig zu Gisela, die sich gerade mit einem leisen Kichern über ein erneutes »Pling« gefreut hatte.

»Da hast du vermutlich Recht. Aber wie möchtest du das bei einer neuen Plattform überwinden?«

»Ganz einfach: Wenn es eine Plattform samt App nur für das Viertel hier ist, dann könnte man daraus ein richtiges Event machen. Junge Leute erklären Älteren, wie man die App nutzt und was man damit alles machen kann. Ich finde, Digitalunterricht wäre eine super Dienstleistung, die man über die Plattform anbieten kann. Viele Ältere sind doch total überfordert mit dem Technikkram. Dabei bin ich voll für mehr Mitbestimmung im Netz, auch von Senioren. Schließlich soll das Internet ein Ort für alle sein, nicht nur für uns Digital Natives. Mit dem Viertel können sich eben alle identifizieren und das kann uns helfen, das Interesse an der App für alle, die hier wohnen, zu wecken. Stell dir mal vor! Da hat einer noch ein paar Umzugskartons, die er loswerden möchte, der nächste braucht jemanden, der seinen Abguss repariert und die übernächste liest gerne Geschichten vor.«

»Oder backt zu viele Kuchen«, sagte Kiki mit einem neckenden Seitenblick auf Gisela, die allerdings ganz und gar mit ihrem neuen Smartphone, genauer, in die digitale Unterhaltung mit Fritz vertieft war. Kiki entging nicht, dass in Giselas Augen ein verräterisches Leuchten getreten war, das ihr mit einem Mal das Aussehen eines jungen Mädchens verlieh. Gleichzeitig versetzte es Kiki einen Stich. Genau dieses Herzklopfen hatte sie für Kai empfunden, und zwar fast vom ersten Augenblick an. Sie war sich sicher gewesen, dass er genauso fühlte, doch dann hatte er sie von einem auf den anderen Moment kaltgestellt. Es nagte noch immer an ihr, dass sie nicht wirklich wusste, woran das lag. Ob es tatsächlich mit dem Video zusammenhing, das sie gefunden hatte? Fürchtete sich Kai davor, dass sie es entdecken könnte? Immerhin wusste er ja, was sie beruflich machte. Doch warum suchte er dann nicht einfach das Gespräch mit ihr? Männer konnten so unglaublich kompliziert sein, und da hieß es immer, das sei ein exklusives Manko von Frauen. Nicht zum ersten Mal ertappte sich Kiki bei dem Gedanken, ob das Internet irgendwann in ferner Zukunft auch dafür eine Lösung bereithalten könnte. Vielleicht ein Algorithmus, der Missverständnisse aufspürte und zuverlässig aus dem Weg räumte.

In diesem Moment machte es »Pling« und Gisela lachte, diesmal laut und herzlich.

»Ach, dieser Fritz«, seufzte sie. »Immer noch so unterhaltsam und charmant wie früher. Ein echter Schwerenöter!«

»Sie hat gerade ihre erste große Liebe in Hawaii wiedergefunden und chattet jetzt mit ihm«, erklärte Kiki beiläufig. Alexs Gesicht nahm einen überraschten Ausdruck an.

»Für manche Dinge ist man eben nie zu alt!«, sagte sie anerkennend. »Ich habe meinen Freund auch im Netz kennengelernt. Da war er gerade auf einem Sabbatical in Israel, doch wir haben die Zeit locker online überbrückt. Und als er dann wirklich vor mir stand, da wussten wir schon alles übereinander und waren uns sicher, dass es funktioniert.« Für einen kurzen Augenblick empfand Kiki fast so etwas wie Neid für diese Art von jugendlichem Selbstvertrauen in Sachen Kommunikation. Oder lag es daran, dass Menschen mit zunehmendem Alter eben komplexer und damit auch komplizierter wurden? Weil jeder eben irgendwann eine Geschichte mitbrachte und von dieser beeinflusst wurde? Das Internet als Ort, der diese Geschichte jederzeit auf Knopfdruck reproduzieren konnte, war da in der Tat nicht immer hilfreich. Doch dann kam es eben darauf an, diese Geschichte aktiv zu verändern, dachte Kiki. Wie gerne hätte sie genau das Kai gesagt. Doch dazu war es nun zu spät.

Alex blickte sie erwartungsvoll an und Kiki zwang sich, wieder zu ihrer Unterhaltung zurückzukehren.

»Also, ich finde deine Idee sehr gut. Prinzipiell lässt sich das auch relativ einfach umsetzen. Allerdings ist die Frage, wie ihr die laufenden Kosten decken wollt. Mit

Werbung?«, kehrte Kiki zu Alexs eigentlichem Anliegen zurück.

Alex schüttelte heftig den Kopf. »Nein, dieser ganze Konsum, das ist doch total out. Heute setzt man auf Nachhaltigkeit und so. Wir wollen das über Spenden organisieren. Ich habe sogar schon eine Seite dafür ins Leben gerufen. Da sind knapp 2.000 Euro zusammengekommen. Reicht das für dich, damit du anfangen kannst?« Sie schaute Kiki erwartungsvoll an.

»Aber ja«, sagte Kiki. »Ich muss mir nur überlegen, über was für einen Server wir das laufen lassen. Mein eigener wird dafür vermutlich ein wenig zu klein sein.«

»Ach, Kiki, ich freue mich so, dass du das machst!«, strahlte Alex und umarmte Kiki heftig. »Immerhin bist du hier aus dem Viertel und eine echte Frau vom Fach. Ich meine, ohne dich wäre vermutlich auch das Video mit der Polizei nicht entstanden und das ist spitze. Nur schade, dass erst die Polizei auf so eine Idee kommen muss, und nicht wir die Senioren darüber aufklären.«

»Ok, ok, ich merke schon, du bist voll bei der Sache. Ich werde mir ein paar Gedanken machen und dann setzen wir uns am besten bezüglich der Umsetzung noch einmal zusammen. Wenn es um das Thema Spenden geht, sollten wir auch die Presse ins Boot holen.«

»Presse? Ach, was, ich mache das alles über Social Media«, sagte Alex. »Ich habe schon mehrere tausend Abonnenten für meine verschiedenen Kanäle, um das Projekt zu bewerben.«

»Ja, das ist gut, aber was ist mit den Leuten, die noch gar nicht in sozialen Netzwerken unterwegs sind?«, gab Kiki zu bedenken. »Die Älteren, die du mit deinem Digitalunterricht doch erst abholen möchtest?«

»Mmmh«, machte Alex. »Darüber habe ich noch gar nicht so richtig nachgedacht. Aber du hast Recht. Und wie macht man das mit der Presse?«

»Naja, man schreibt denen eine E-Mail oder ruft an und stellt das Projekt vor und wenn sie das interessiert, dann schicken sie einen Reporter vorbei, der darüber berichtet. Am besten gleich mit dem Link zur Spendenseite und dann hoffen wir, dass weitere Spenden folgen. Wenn wir viel Glück haben, dann könnten wir sogar so eine Art Modellversuch sein, den andere Viertel oder Städte nachmachen. Was das Vermarkten und das Event angeht, bist du gefragt!«

»Oh, keine Sorge«, sagte Alex gelassen. »Das ist mein Metier. Ich habe schon so viele Events gemacht, und die alle online organisiert. Ohne mein Handy wäre ich natürlich aufgeschmissen!«

»Ok, dann brauchen wir nur noch jemanden, der die offline Pressearbeit macht. Aber vermutlich kennst du da auch jemanden«, sagte Kiki und zwinkerte Alex vielsagend zu. Auch wenn Alex jünger war als sie, mochte sie deren Aufgeschlossenheit und die Selbstverständlichkeit im Umgang mit digitalen Medien. Tatsächlich fand auch Kiki, dass die Generationen da durchaus noch etwas voneinander lernen konnten, doch bislang fehlte es an diesem Dialog. Da sie ohnehin einen kleinen Leerlauf hatte, war sie bereit, ein wenig Zeit in die Plattform zu investieren, zumal sich so ein soziales Projekt auch immer gut in ihrem Portfolio machte. Plattformen wurden immer wichtiger und in der Tat gehörten diese aufgrund ihrer Win-Win-Situationen für alle Beteiligten zu Kikis favorisierten Formen digitaler Zusammenarbeit. Da machte es auch nichts, dass sie nur mit Spenden vermutlich nicht ihr volles Honorar für eine solche Leistung erhalten würde.

»Kai würde das sicher gefallen«, schoss es ihr durch den Kopf und sofort rief sie sich in Gedanken zur Ordnung. Was hatte denn jetzt schon wieder Kai damit zu tun? Sie musste dringend aufhören, an ihn zu denken und ihn aus ihrem Leben verbannen. Leichter gesagt, als getan! Seit ihrer ersten Begegnung gehorchten ihr ihre Gedanken in diesem Zusammenhang nicht mehr. Daran hatte auch Kais ebenso unrühmlicher wie abrupter Abschied nichts ändern können.

Nachdem Alex ihr zweites Stück Schmandkuchen vertilgt hatte, verabschiedete sie sich mit dem

Versprechen, sich baldmöglichst auf allen digitalen Kanälen bei Kiki zu melden.

»Das war aber eine aufgeweckte junge Frau«, stellte Gisela fest, als Alex gegangen war, selbstredend ohne den Blick von dem Display ihres Handys zu nehmen. »Ich finde ihre Idee höchst interessant und ich werde mich auf jeden Fall daran beteiligen. Ich finde es toll, dass du das mit deinen Kenntnissen möglich machen kannst.«

»Ach«, meinte Kiki. »So besonders sind meine Kenntnisse gar nicht. Aber da heute noch immer die meisten Menschen sehr wenig über die Medien, Plattformen und Technologien wissen, die sie tagtäglich nutzen, bin ich natürlich im Vorteil. Aber ich verstehe mich da auch als eine Art Botschafterin. Alex ist ein gutes Beispiel dafür, dass jeder diese Technologien nutzen und für seine Zwecke weiterentwickeln kann. Nirgendwo lässt sich so schnell eine Öffentlichkeit mit einem gemeinsamen Interesse erzeugen wie im Netz. Das Internet und die digitale Welt brauchen definitiv mehr Beteiligung von jenen, die es täglich nutzen. Ansonsten sind wir bald den großen Tech-Unternehmen ausgeliefert.«

»Wie klug du daher reden kannst«, sagte Gisela strahlend vor Stolz auf ihre Enkelin und zugleich fast ein wenig ehrfürchtig vor deren Kenntnissen über ein Gebiet, das ihr noch bis vor wenigen Tagen gänzlich verschlossen geblieben war. »Ich wusste immer, was in dir steckt.«

Kiki lächelte und spürte zu ihrem Erstaunen, dass sie beinahe rot wurde. Man wurde eben nie zu alt für ein wenig großmütterliche Anerkennung.

Da klingelte es erneut. Verwundert sah Kiki auf. »Vielleicht hat Alex noch etwas vergessen«, sagte sie und ging zur Tür. Doch statt Alex stand Helga vor der Tür. Sie bot einen dramatischen Anblick. Ihre sicherlich einmal perfekt gebügelte blaue Bluse war verknittert, ihre Augen verschwollen und ihr Make-Up vom Weinen verschmiert.

»Helga!«, rief Kiki entsetzt. »Was ist passiert? Komm erst einmal rein!« Sie fasste die Ältere am Arm und führte sie fürsorglich durch den Flur in die Küche. Als Gisela ihre Freundin sah, legte sie sofort das Smartphone beiseite.

»Helga, Liebes!«, rief sie und sprang auf. Sie eilte zu ihr und schloss sie in die Arme. »Setz dich erst einmal! Du siehst ja aus, als seist du dem Leibhaftigen persönlich begegnet!«

Helga ließ sich widerstandslos zu einem Stuhl führen und setzte sich.

»Harry«, stieß sie hervor. »Er ist verschwunden. Ich kann ihn nirgendwo erreichen. Sein Handy ist aus und auf meine E-Mails reagiert er nicht. Ganz sicher ist etwas ganz Schreckliches geschehen. Man hat ihn entführt oder verlangt Lösegeld.« Dicke Tränen liefen ihr über die Wangen und verschmierten das Rouge.

Gisela und Kiki wechselten einen raschen Blick.

»Helga, hör mal«, sagte Kiki gedehnt. »Ist es nicht vielleicht auch möglich, dass du dich in deinem Harry getäuscht hast? Möglicherweise ist er gar nicht derjenige, für den du ihn hältst.«

Gisela reichte ihrer Freundin ein Taschentuch. Diese schnäuzte sich entgegen ihrem sonst so damenhaften Verhalten geräuschvoll.

»Fängst du jetzt auch noch damit an?«, sagte sie schluchzend zu Kiki. »Ich weiß, dass mein Harry mich nicht belügt. Das zwischen uns ist etwas Besonderes. Auch wenn wir uns noch nie gesehen haben, es gibt da diese Verbindung.«

»Helga«, sagte Kiki, diesmal mit ernsterer Stimme. »Das, was du jetzt gerade erlebst, erleben viele tausend Frauen jedes Jahr. Sie verlieben sich im Internet in einen Mann, lassen sich einwickeln und überweisen dann viele tausend Euro, nur um festzustellen, dass es ihren Prinzen in Wirklichkeit gar nicht gibt. Das ist eine Masche und für einige junge Männer aus ärmeren Gegenden der Welt tatsächlich auch eine Art Beruf. Je eher du das akzeptierst, ganz gleich, wie schmerzhaft es ist, desto besser.«

Gisela nickte. »Dein Geld ist futsch, Helga!«

Da brach Helga in lautes Schluchzen aus. »Nein, nein, das kann doch nicht sein! Harry liebt mich, das weiß ich!«

Mitfühlend streichelte Gisela ihren Arm. »Ich kann mir vorstellen, wie schlimm das für dich ist. Aber Kiki hat Recht. Ich hätte dir diese Wahrheit zwar gerne ein wenig sanfter beigebracht, aber du wolltest ja nicht hören. Kam dir diese ganze Sache mit Bogotá und so nicht seltsam vor?«

Helga tupfte sich über die Wangen und schniefte. »Aber wieso denn? Ich meine, unerwartete Dinge geschehen. Wieso sollte ich nicht für ihn da sein? Schließlich war er ja auf dem Weg zu mir. Da ist es doch selbstverständlich...«

»Helga, du musst akzeptieren, dass Harry nicht existiert. Vermutlich stecken hinter dem Namen Harry drei bis vier sehr versierte junge Männer, die das schon mit vielen anderen Frauen erfolgreich durchgezogen haben«, sagte Kiki, noch immer ernst. »Du hast viel Geld verloren, aber ich habe Geschichten von Frauen gehört, die ihr ganzes Vermögen an solche Windeier überwiesen haben. Diese Typen haben ihnen über Monate eine romantische Beziehung vorgegaukelt und das konnten sie nur, weil die Frauen so einsam waren, dass sie es ihnen eben glauben wollten. Das hat nichts mit Intelligenz oder so zu tun.«

Mit vor Tränen schwimmenden Augen blickte Helga zwischen Gisela und Kiki hin und her. »Ist das wirklich so?«, flüsterte sie. »Bin ich auf meine alten Tage wirklich auf so eine Masche hereingefallen?«

Kiki und Gisela nickten unisono.

»Tut mir sehr leid, dass dir das passiert ist«, sagte Gisela und streichelte ihr erneut über den Arm. »Wir sollten zur Polizei gehen«, fügte sie hinzu. »Vielleicht kann man da noch irgendetwas machen.«

Kiki biss sich auf die Zunge. Keinesfalls wollte sie die Hoffnung der beiden auf Gerechtigkeit zerstören, doch sie wusste, dass es in solchen Fällen nur wenige Chancen gab, das verlorene Geld zurückzubekommen. Die Täter saßen in Drittländern und die Frauen überwiesen das Geld schließlich freiwillig. Dennoch fand sie auch, dass es wichtig war, die Polizei auf dieses Phänomen hinzuweisen.

»Wenn ihr zur Polizei geht, dann unterstütze ich euch«, sagte sie.

»Ich rufe Inge an«, sagte Gisela. »Sie sollte dabei sein.« Sie tätschelte Helgas Knie. »Wir lassen dich nicht allein mit dieser Sache. So eine Schweinerei! Und das alles nur wegen des doofen Internets!«

»Ähm, ich weiß nicht, ob man dem Internet dafür die Schuld geben kann«, meldete sich Kiki zu Wort, obwohl sie ahnte, dass es nicht der beste Moment für eine solche Grundsatzdiskussion war. Trotzdem war es ihr wichtig, darauf hinzuweisen, dass das Internet als moderne Technologie nicht per se dafür verantwortlich war, welche Art von Missbrauch mit ihm betrieben wurde, sondern vielmehr die Nutzer, die sich den Gepflogenheiten und den Risiken vertraut machen mussten.

»Man muss eben einfach wissen, dass im Internet auch eine Menge Menschen unterwegs sind, die unter dem Deckmantel der Anonymität auch weniger gute Interessen verfolgen. Eigentlich ist das wie in der realen Welt auch. Wenn euch da ein vielleicht auch noch jüngerer Mann zu eindeutig Avancen machen würde, würdet ihr doch auch den Braten riechen.«

Gisela und Helga sahen sich an.

»Ja, aber das ist doch etwas ganz anderes«, sagte Gisela. »In der wirklichen Welt passt man ja auf, mit wem man sich einlässt. Aber im Internet, wo jeder mit jedem einfach so in Kontakt treten kann, finde ich das schon schwieriger.«

Sie griff nach ihrem Smartphone und sah Kiki an.
»Woher weiß ich eigentlich, dass der Mann, mit dem ich
- wie nennt ihr das? Tschätte? – auch wirklich mein Fritz
von früher ist?«

»Weil er uns seine Nummer gegeben hat«, erwiderte
Kiki, erkannte aber, dass ihre Oma mit ihrer Anmerkung
durchaus Recht hatte. »Das Internet bietet eben jede
Menge Möglichkeiten, die es früher nicht gab, sowohl im
Positiven wie auch im Negativen. Es ist positiv, dass du
mit deinem Fritz chatten kannst, obwohl er am anderen
Ende der Welt sitzt, und es ist negativ, dass dich jeder
kontaktieren und sich für jemand anderes ausgeben kann,
ohne, dass man das immer überprüfen kann.«

»Vorsicht ist die Mutter der Porzellankiste, hat meine
Mutter immer zu sagen gepflegt und da ist eine Menge
dran, auch und gerade in diesen modernen Zeiten«, sagte
Gisela und warf ihrem neuen Smartphone einen
misstrauischen Blick zu, so als vermutete sie, dass sich in
diesem alle negativen Aspekte des Internets auf einmal
kulminieren könnten.

»Wolltest du nicht Inge anrufen? Wenn ihr tatsächlich
eine Anzeige aufgeben wollt, dann müsst ihr euch
beeilen. Ich schaue mal gerade, welches Dezernat in
Frankfurt dafür zuständig sein könnte. Natürlich im
Internet«, sagte Kiki und grinste. Sie freute sich darüber,
dass sich die beiden älteren Damen trotz dieser
schlechten Erfahrung mit dem Internet

auseinandersetzten und zumindest begannen, seine Regeln und Besonderheiten zu verstehen. Damit waren sie vielen Altersgenossen voraus, die meistens noch nicht einmal genau wussten, was eine E-Mail war. Und sie kam nicht umhin, einen gewissen Stolz für ihre lebenstüchtige Großmutter zu empfinden, die auch im Kontakt mit den neuen Medien ihren gesunden Menschenverstand nicht verlor.

»Eine Portion davon hätte Kai vermutlich gutgetan«, wisperte eine Stimme in ihrem Kopf, die sie nicht schnell genug zum Schweigen bringen konnte. Warum nur spukte dieser Mann immer weiter in ihrem Kopf herum? Er war nicht der erste Mann, mit dem sich nach ein paar Dates herausstellte, dass es nichts wurde, doch aus irgendeinem Grund war sie nicht in der Lage, die Erfahrung mit ihm einfach abzuhaken.

»Ach Papperlapapp, ich habe doch jetzt einen direkten Kontakt zur Polizei, schließlich bin ich eines ihrer digitalen Aushängeschilder«, sagte Gisela und freute sich darüber, das noch immer ungewohnte Wort »digital« so flüssig ausgesprochen zu haben.

Sie erhob sich mit einer resoluten Bewegung und wollte in den Flur zum Telefon gehen, als sie in der Tür stehen blieb und zurück zum Küchentisch kam.

»Ich kann Inge doch auch mit meinem neuen Smartphone anrufen«, sagte sie und lächelte. »Schließlich hat das alle

Nummern gespeichert und ich muss mir keine mehr merken. Auf meine alten Tage hat das durchaus seine Vorteile.«

Ein wenig ungelenk entsperrte sie den Bildschirm und suchte dann umständlich nach der Telefon-App, die sie aber schließlich ohne Hilfe fand und dann Inges Nummer aus dem Gedächtnis eingab.

»Inge?«, sprach sie ein wenig zu laut in den Hörer, so als hätte sie das Gefühl, mit der Lautstärke ihrer Stimme eine gewisse Entfernung überwinden zu müssen. »Hier ist Gisela. Das ist meine neue Handynummer. Ja, Kiki hat mir eines von diesen neumodischen Dingern gekauft, damit ich mit Fritz tschätten kann.« Sie lauschte angestrengt in den Hörer.

»Ja, ja, ich habe mit meinen Fritz getschättet, aber darum geht es doch jetzt gar nicht. Helga ist hier und braucht unsere Hilfe. Wir müssen mit ihr zur Polizei. Harry ist abgetaucht.« Sie legte auf.

»Inge ist gleich hier«, verkündete sie. »Und bis sie hier ist, genehmigen wir uns erst einmal einen Schnaps. Ich finde, den haben wir uns alle verdient.« Sie holte die Gläser und schenkte ein.

»Auf das Internet«, sagte sie, nicht ohne Sarkasmus in der Stimme.

»Auf das Internet«, stimmten Kiki und Helga zu, Letztere mit einer deutlich verweinten Tonlage.

7. Normal, digital, ganz egal!

»Meine Damen, es tut mir leid, Sie dahingehend enttäuschen zu müssen, doch ich kann Ihnen in der Tat nur wenig Hoffnung machen. Sie sind Opfer eines Betrugs gem. § 263 StGB, doch wir werden den Täter leider nicht stellen können, weil er sich außerhalb unseres Zugriffs befindet und die Wahrscheinlichkeit, dass er tatsächlich nach Deutschland einreist, schätze ich als sehr gering ein. Dennoch ist es richtig, dass Sie uns diesen Fall melden, damit wir die Straftat zumindest erfassen können. Noch wissen viel zu wenige Menschen über diese relativ neue Art des Betrugs Bescheid. Früher gab es die Heiratsschwindler, heute eben die Romantic Scammer. Auch wenn man zur Ehrenrettung Ersterer sagen muss, dass diese sich deutlich mehr in das Zeug legen mussten, um an das gewollte Geld zu kommen«, erklärte der Polizist, nachdem er Helgas Aussage aufgenommen hatte.

»Soll mich das etwa trösten?«, fragte Helga empört, der schon wieder die Tränen in den Augen standen.

»Ich kann mir gut vorstellen, wie sich das für Sie anfühlt. Da hat jemand mit Ihren Gefühlen gespielt und das ist immer etwas ganz anderes, als wenn es sich um eine eher unpersönliche Straftat wie einen Taschendiebstahl handelt. Doch ich kann Ihnen sagen, jedes Opfer leidet darunter, wenn so etwas geschieht und Sie sollten auf keinen Fall den Fehler begehen, sich selbst die Schuld daran zu geben. Es ist nichts falsch daran, anderen zu vertrauen. Nur darf man eben nicht gleich den gesunden Menschenverstand dabei über Bord gehen lassen.«

»Ganz meine Rede«, pflichtete ihm Gisela bei. Als sie in Helgas verletztes Gesicht blickte, tätschelte sie ihrer Freundin rasch die Hand. »Aber Liebe macht eben blind, Liebes und dafür muss sich niemand schämen. Auch wir nicht auf unsere alten Tage.«

»Es war sehr mutig von Ihnen zu uns zu kommen«, bestätigte der Polizist und warf Helga einen mitfühlenden Blick zu. »Die meisten Opfer scheuen diesen Schritt, weil sie sich schämen, darauf hereingefallen zu sein. Doch ich darf Sie trösten, es sind häufig die ganz normalen, sogar überdurchschnittlich erfolgreichen Frauen nahezu aller Altersgruppen, die darauf hereinfallen. Die Täter suchen sich gezielt diejenigen aus, bei denen sie einen gewissen finanziellen Background vermuten. Sie spielen mit den Gefühlen der Einsamkeit und täuschen eine Romantik vor, die natürlich gar nicht existiert.«

»Ach«, machte Inge, die bisher die meiste Zeit geschwiegen hatte. »Wir wünschen uns doch irgendwie alle den Ritter auf dem weißen Pferd, egal, wie alt wir sind.«

»Dazu wird man nie zu alt«, sagte Gisela und dachte unwillkürlich an Fritz. Über den Tag hatten sie eine

Reihe von eher oberflächlichen Textnachrichten ausgetauscht. Fritz hatte ihr Fotos von seinem Haus direkt am Meer gezeigt. Offenbar ging es ihm in seiner Wahlheimat sehr gut. Gisela seufzte. Die Chancen, ihrem Fritz in der Realität zu begegnen, waren vermutlich verschwindend gering, immerhin trennten sie allen digitalen Kommunikationswegen zum Trotz einige tausend Kilometer, doch es war erlaubt, ein wenig zu träumen. Von einem Wiedersehen unter Palmen etwa...

»Stimmt doch, Gisela«, riss sie Inge unerwartet aus ihren Tagträumen.

»Ähm, ja«, sagte Gisela rasch, die von den letzten Sätzen der Unterhaltung nichts mitbekommen hatte. Verstohlen blickte sie ihre Freundinnen an. Ob diese sie auch an ihren gesunden Menschenverstand erinnern würden, weil sie auf ihre alten Tage noch einmal ein wenig Herzklopfen nur aufgrund einiger online ausgetauschter Zeilen empfand?

»Alter schützt vor Torheit nicht«, murmelte Gisela.

»Wir melden uns, sollten wir etwas zu dem Täter herausfinden. Ansonsten kann ich Ihnen nur raten, in Zukunft vorsichtiger zu sein, wem Sie Ihr Vertrauen schicken, auch und gerade im Internet.«

»Ich habe den Eindruck, da tummeln sich nur Betrüger!«, platzte es aus Inge heraus. »Ich habe gehört, dass es sogar Apotheken gibt, die sind gar keine. Da bekommt man die teuren Blutdruckmittel günstiger, nur wirken die eben nicht. Der Karl-Heinz aus dem Seniorentreff hat deshalb schon einmal beinahe einen Herzinfarkt gehabt. Sein Enkel hat ihm den Floh in das Ohr gesetzt, doch einfach mal seine Medikamente online zu bestellen und Geld zu sparen.«

»Dagegen ist auch prinzipiell nichts einzuwenden«, sagte der Polizist. »Viele Online-Apotheken sind vertrauenswürdig. Doch man darf sich eben nicht von dem Versprechen leiten lassen, ein paar Euros zu sparen. Im Internet gilt wie überall: Wenn es zu schön ist, um wahr zu sein, lieber die Finger davon lassen.«

»Das sind ja schöne Ratschläge«, schluchzte Helga. »Nur kommen sie für mich alle zu spät.« Ihr Gesicht war ganz rot vom vielen Weinen und von ihrem am Morgen sorgfältig aufgelegten Make-Up war nicht mehr viel übrig. Nach all den schlechten Nachrichten des Tages bot sie ein Bild des Jammers.

»Wissen Sie, es gibt einen Ratschlag, den wir in dem Zusammenhang immer wieder geben. Bei einem Kennenlernen im Internet sollte man so schnell wie möglich auf ein persönliches Treffen drängen, natürlich an einem sicheren Ort in der Öffentlichkeit und unter Wahrung weiterer Sicherheitsvorkehrungen. So weiß man am schnellsten, mit wem man es zu tun hat und ob die Sache echt ist.«

»Ich habe ihm einfach geglaubt. Ich meine, woher sollte ich denn wissen, dass es da draußen Leute gibt, die einem so etwas antun?«

»Verstehen Sie mich nicht falsch«, sagte der Polizist. »Das Vorgehen dieser Täter ist natürlich auf das Schärfste zu verurteilen und in den meisten Ländern der Welt aus gutem Grund strafbar. Allerdings haben wir uns in einer Weiterbildung mal mit den Hintergründen dieser Täter beschäftigt und diese leben eben oft in größter Armut, ohne jede Perspektive, dieser Armut je zu entkommen. Das Internet lässt die Barrieren der normalen Welt verschwinden. Normalerweise würde niemand von Ihnen je mit einem dieser Menschen in Kontakt kommen, außer eben über das Internet. Und eigentlich ist es ja auch toll, dass Menschen kommunizieren können, über große Entfernungen hinweg und dass Barrieren fallen. Aber unsere eingebauten Sicherheitsschalter, wenn ich sie mal so nennen darf, sind eben noch nicht so gut auf unsere digitale Gegenwart ausgerichtet. Deshalb ist Aufklärung wichtig. Wir tun bereits unser Bestes, in dem wir im Internet eigene Seiten haben, die vor dieser Art des Betrugs warnen und auch Broschüren verteilen. Bloß erreichen wir auf diese Weise noch immer nicht jeden.«

Oma Gisela sah ihn nachdenklich an. Kikis Unterhaltung mit Alex kam ihr wieder in den Sinn. »Dann sollten wir dagegen definitiv was machen. Vielleicht eine Info-Veranstaltung im Seniorenheim.«

»Dabei würde Sie die Polizei natürlich sehr gerne unterstützen«, sagte der Polizist erfreut und legte Helga ihre Aussage zur Unterschrift vor.

»Wir möchten Ihnen heute eine völlig neue Plattform für die Nachbarschaftsvernetzung vorstellen. Die Beta-Version ist heute für alle mit der Postleitzahl des hiesigen Viertels verfügbar und kann auf allen mobilen Endgeräten heruntergeladen werden«, erklärte Kiki.

Nach rund sechs Wochen Entwicklungszeit hatte sie mit den Spendengeldern, die Alex eingesammelt hatte, eine erste Version der App entwickelt, die bei Tests einwandfrei funktioniert hatte. Heute hatten sie deshalb einige Pressevertreter der Lokalpresse und interessierte Anwohner zu einer improvisierten Pressekonferenz in das Rathaus eingeladen. Zu Kikis Erstaunen waren zahlreiche Bewohner aus dem Viertel gekommen, darunter auch viele Ältere der 60plus Generation.

»Was erhoffen Sie sich von dieser Plattform?«, fragte ein Reporter.

»Wir möchten Menschen vernetzen und zusammenbringen. Unser Ziel ist es, die Community im Viertel zu beleben, offline und online«, antwortete Alex.

Kiki lächelte sie an. Alex hatte sich gut vorbereitet, das musste man ihr lassen.

»Können Sie uns etwas zu den Funktionen der App sagen? Wie lässt sie sich nutzen?«, fragte ein anderer.

Alex reichte das Mikro an Kiki weiter.

»Jeder kann sich mit einem Nutzernamen registrieren und selbst entscheiden, welche Daten er zur Nutzung freigibt. Wer zum Beispiel nach neuen Kontakten sucht, etwa für einen Bücherkreis oder eine Laufgruppe, der kann diese Interessen angeben und für andere sichtbar machen. Wer nur auf die Schnelle ein paar Sachen abzugeben hat, die er nicht mehr braucht, kann das angeben. Ziel ist es, die Menschen zusammen zu bringen und die traditionelle Form der Nachbarschaftshilfe in ein neues Format zu bringen.«

»Was ist, wenn ich kein Smartphone habe?«, wollte ein älterer Herr mit Gehstock wissen. »Ich kann mit diesen Dingern nicht umgehen.«

»Keine Sorge«, antwortete Kiki. »Wir haben eine Kooperation mit der örtlichen Bücherei. Dort ist die Anwendung bereits auf den Computern installiert und Sie können sich dort anmelden. Sie können sogar einstellen, dass Sie einen automatisierten Anruf erhalten, wenn sich jemand auf Ihre Anzeige meldet. Selbstverständlich können Sie sich auch für einen unserer zahlreichen Kurse anmelden, in denen wir Sie fit für die Nutzung von Computern und Handys machen.«

»Wie sind Sie auf die Idee gekommen, diese Plattform zu entwickeln? Immerhin gibt es schon viele ähnliche Anwendungen auf dem Markt«, meldete sich der Reporter wieder zu Wort.

»Das stimmt, aber diese sind eben nicht exakt für den lokalen Bedarf hier zugeschnitten. Wir leben in einem Viertel mit einer sehr gemischten demographischen Struktur. Hier leben viele ältere Menschen zunehmend allein in ihren Haushalten. Sie brauchen Hilfe, zum Beispiel beim Einkaufen oder bei Gartenarbeiten. Gleichzeitig ziehen auch viele neue Menschen hier hin, junge Leute oder Familien mit Kindern. Diese brauchen zum Beispiel einen Babysitter oder jemand, der Nachhilfe gibt. Gleichzeitig kennen sie hier niemanden. Die App ermöglicht es, neue Kontakte zu knüpfen und diese dann auch offline zu treffen.«

»Denken Sie wirklich, dass eine App die richtige Lösung ist? Warum sprechen sich die Leute nicht einfach an oder nutzen das schwarze Brett im Internet?«, hakte der Reporter nach.

Alex griff nach dem Mikrofon. »Klar gibt es das schwarze Brett. Aber dort hat niemand einen Überblick, wer seine Anzeige aufgerufen hat und auch kann man dort nur schwer direkte Kontakte knüpfen. Für das

Gespräch auf der Straße ist manchmal die Hemmschwelle noch zu groß. Genau das wollen und werden wir mit der App erleichtern. Wir alle wünschen uns, in einem lebendigen Viertel zu leben, in dem sich alle gut verstehen und unterstützen. Der Trend geht zu einer immer stärker werdenden Vereinzelung, unter der gerade ältere Personen leiden, während Kleinfamilien ohne Familienanschluss in der Nähe Hilfe gebrauchen können. Da haben wir nur zwei von vielen möglichen Bedürfnislagen, auf die unsere Plattform eine Antwort bietet.«

Der Reporter nickte zufrieden und kritzelte einige Notizen auf seinen Notizblock.

Kiki strahlte Alex an. Sie machte das wirklich gut.

Nach der Veranstaltung machten die Reporter noch einige Fotos und nahmen die Pressemappen mit, die Alex vorbereitet hatte. Erst hatte sie sich gesträubt, diese nicht nur in digitaler Form hinter einem QR Code einzustellen, doch letztlich hatte Kiki sie davon überzeugen können, dass auch die klassische Pressearbeit ihren Wert hatte. Auf den sozialen Netzwerken lief die Werbung für die Plattform schon lange. Die Postings wurden viele hundert Male aufgerufen und es gab zahlreiche Kommentare. Offensichtlich traf die Plattform einen Nerv. Tatsächlich hatten bereits andere Stadtteile angefragt, ob für sie ebenfalls eine Version der App verfügbar sein könnte, was für Kiki der nächste Schritt war. Vielleicht würde ihre Anwendung bald für Städte und Gemeinden in ganz Deutschland verfügbar sein, allerdings würde das noch einmal eine ganze Menge Arbeit erfordern. Außerdem musste die Finanzierungsfrage geklärt werden. Noch lief die App auf einem relativ kleinen und kostengünstigen Server. Doch Alex hatte die Hoffnung, bald einen finanzstarken Investor für die Skalierung der App finden zu können.

»Guck mal, Kiki, du bist in der Zeitung«, rief Oma Gisela drei Tage später. Sie saß bei ihrem Kaffee in der Küche und hatte die aufgeschlagene Zeitung vor sich.

»Zeig mal!« Kiki kämmte sich gerade die Haare. In wenigen Minuten musste sie zu einem neuen Kunden aufbrechen, der sich als Autor von Fantasy Romanen einen Namen gemacht hatte. Jetzt wollte er die von ihm erschaffene Welt digital nachbilden lassen und in eine App integrieren, die Online- und Offline-Aktivitäten miteinander verband. Er hatte Kiki bereits ein erstes Briefing zugesandt, das sie neugierig machte. Sie war gespannt darauf, was bei ihrem heutigen Treffen herauskommen würde.

Sie überflog den Artikel. Er umfasste fast die ganze Seite und äußerte sich sehr positiv über die neue Plattform. DIE NACHBARSCHAFTSHILFE DER ZUKUNFT lautete der Titel.

»Na, das ist ja prima«, sagte Kiki. »Kannst du mir das schicken? Ich wette, Alex liest keine Zeitungen.«

Gisela sah sie verwirrt über den Rand ihrer Brille an. »Schicken? Wie meinst du das? Mit der Post? Aber du wohnst doch hier?«

Kiki rollte mit den Augen. »Oma, du sollst mit deinem Smartphone ein Foto von dem Artikel machen und mir in der Chat-App schicken. Das habe ich dir doch schon erklärt. Du schickst doch deinem Fritz auch laufend Fotos.«

Giselas Wangen röteten sich. »Ach, so, ja, ich verstehe«, sagte sie.

»Wie läuft es mit dir und Fritz? Ihr telefoniert doch jeden Tag, oder?«

»Ach«, seufzte Gisela. »Er schwärmt ständig von Hawaii und wie schön es da ist. Am liebsten möchte er, dass ich bei ihm vorbeikomme. Aber ich kann doch nicht einfach in einen Flieger steigen und dorthin fliegen.«

»Warum denn nicht, Oma? Was hast du denn zu verlieren? Wenn es dir nicht gefällt, kommst du eben wieder zurück. Wir buchen dir einfach ein flexibles Ticket. Genug gespart hast du doch.«

»Mmh«, machte Gisela. »Meinst du wirklich? Aber ich war noch nie so weit von Frankfurt weg. Opa und ich sind nur bis Italien gekommen.«

»Na, dann wird es aber Zeit, Oma!«, lachte Kiki.

»Und was ist, wenn es mir so geht wie Helga? Sie ist schließlich mit ihrer Online-Bekanntschaft auch ordentlich auf die Nase gefallen.«

»Aber diesen Harry gab es doch gar nicht wirklich. Den Fritz hingegen, den kennst du doch. Und so sehr wird er sich in den vergangenen 50 Jahren auch nicht verändert haben.«

»Aber ich bin doch auch keine 20 mehr. Ich kann doch nicht einfach so...«, protestierte Gisela.

»Na, klar, kannst du. Je oller, je doller, den Spruch kennst du doch, Oma. Manchmal muss man sich auch einfach etwas trauen. Oder möchtest du dir in zehn Jahren Vorwürfe machen, dass du nicht zu ihm geflogen bist, wenn du es möglicherweise gesundheitlich nicht mehr kannst?«

»Hawaii...«, sagte Gisela nachdenklich. »Aber ich habe doch gar nichts anzuziehen!«

»Dann ruf Helga und Inge an und ihr geht shoppen. Noch hängt in den Geschäften ja die Sommerkollektion, da findest du sicher etwas Tropentaugliches«, sagte Kiki und gab ihrer Oma einen Kuss auf die Wange. »Ich muss jetzt los.«

»Herr Mickel, vielleicht erzählen Sie mir kurz, welche Idee Sie mit Ihrer App verfolgen«, sagte Kiki. Sie saß in einem nur spärlich besuchten italienischen Café in der Innenstadt, vor ihr auf dem Tisch standen ihr Laptop und ein Cappuccino.

Lars Mickel war ein großgewachsener, blonder Mann mit markanter schwarzer Brille. Seine Haltung verriet, dass er sich nie großartig mit körperlicher Betätigung beschäftigt hatte, sondern sein Leben vorrangig an einem Schreibtisch verbracht hatte. Seine blassblauen Augen flogen durch den Raum und blieben dann an Kikis hängen.

»Wissen Sie, das war während meines jährlichen Schreiburlaubs in der Toskana. Einmal im Jahr ziehe ich mich dorthin zurück, um in Ruhe schreiben zu können. Sie müssen wissen, eigentlich sind Krimis mein Metier. Schon da habe ich darüber nachgedacht, meinen Lesern eine Art virtuellen Krimi anzubieten, wo sie selbstständig Fälle lösen müssen. Leider ließ sich das nicht so einfach realisieren und inzwischen bin ich davon abgekommen. Tatsächlich sah ich eines Abends plötzlich einen Jungen vor mir stehen, in Kleidern aus Pflanzenfasern, barfuß. Statt einer Waffe oder eines Bogens hatte er nur einen großen Beutel an seinen Gürtel gebunden. Mit diesem Beutel hat es eine Bewandtnis. Er hat ihn von einem Zauberer erhalten. Dieser Beutel ist zwar äußerlich klein, doch innerlich ist sein Fassungsvermögen unendlich. Und das ist noch nicht alles: Dieser Beutel kann nämlich jede Art von Müll kompostieren. Einfach in den Sack geben und dann die Erde wieder ausschütten. Und genau das macht dieser Junge. Er zieht durch die Welt und sammelt riesige Müllberge ein. Dabei erlebt er eine Menge Abenteuer, selbstverständlich gibt es auch einen Bösewicht, einen Müllsünder im ganz großen Stil, der die Welt mit seinem Müll vergiften möchte, weil er die Schönheit der Natur nicht ertragen kann. Mit der Hilfe seiner Freunde gelingt es dem Jungen, sein Name ist Miro, den Müllsünder zu besiegen und die Menschen dazu zu bringen, achtsamer mit ihrem Müll umzugehen.«

»Eine interessante Idee«, sagte Kiki, »ich bin mir sicher, dass sie als Buch ganz hervorragend funktioniert. Aber was soll dann die App bewirken?«

»Nun, ich habe mich an dieser Stelle beraten lassen, von einem Innovationscoach. Er sagte mir, dass die Zukunft den transmedialen Geschichten gehört, also Geschichten, die über mehrere Medien und auch die Offline-Welt erzählt werden und je nach Plattform verschiedene Features anbieten.«

»Da wusste jemand, wovon er redet«, sagte Kiki
anerkennend und tippte einige Notizen in ihren Rechner
ein.

»Nun ja, mit Ideen konnte dieser Mann um sich werfen,
nur leider nicht mit konkreten Lösungen. Und da
kommen Sie in das Spiel. Mein Vorhaben mit der App
ist, dass man sie sich herunterladen kann und dann
verschiedene Aufgaben offline und online lösen muss.
Beispielsweise gibt es ein Quiz zu richtiger
Mülltrennung, aber auch das Sammeln von Müll wird
belohnt. Wer viel Müll sammelt, dem werden neue
Bereiche in der App freigeschaltet. In der App kann er
Miros Abenteuer nachspielen. Mir geht es darum, auch in
der jungen Generation spielerisch ein Bewusstsein für die
Müllproblematik zu schaffen. Da geht es um Plastik in
den Meeren, aber auch das viele Essen, das wir
wegschmeißen. All das soll in der App verbildlicht und
erlebbar gemacht werden.«

»Eine komplexe Aufgabe«, sagte Kiki, die im Geiste
bereits durchging, wie sich diese Anforderungen in
einem App-Format umsetzen ließen.

»In der Tat ist meine Vorstellung, dass die Nutzer auf der
Karte sogar stark vermüllte Orte markieren können, so
dass andere Nutzer ebenfalls dorthin gehen und den Müll
einsammeln. Es soll einen richtigen Wettlauf geben, wer
mehr Müll sammelt.«

Kiki biss sich auf die Lippen. Prinzipiell fand sie die Idee super, nur konnte sie sich nicht vorstellen, dass junge Menschen wirklich mit Begeisterung Müll einsammelten. Aber vielleicht war es tatsächlich eine Frage des Storytellings.

»Das bedeutet, dass die App zweierlei können muss. Zum einen ist da das Spielerlebnis mit der Welt, die Sie sich ausgedacht haben. Diese Grafiken müssen entsprechend erstellt und vernetzt werden. Zum anderen muss es eine Plattform inklusive Landkarten geben, auf der sich die Nutzer anmelden können.«

»In meiner Vorstellung wechseln sich die verschiedenen Level mit den Offline-Aufgaben ab. Wer ein neues freischalten möchte oder neue Hilfsmittel und Waffen, der muss zuerst Müll einsammeln oder sich sonst wie für eine saubere Umwelt engagieren.«

»Nun«, sagte Kiki. »Es gibt natürlich bereits eine Menge Apps, auf der Nutzer irgendein Abenteuer bestehen können, ohne, dafür Müll zu sammeln. Ich denke, dass wir vor allem eine Figur erschaffen müssen, mit der sich möglichst viele Nutzer identifizieren, am besten eine ganze Gruppe, die sehr divers ist – Mädchen, Jungen, Menschen mit unterschiedlichem ethnischen Hintergrund oder Eigenschaften.«

»Oh, ich sehe, Sie verstehen mich. Genau so soll es sein!«

»Ich befürchte nur, dass der Anreiz, durch Müllsammeln neue Features freizuschalten, nicht ausreichen wird. Können Sie sich ein anderes Belohnungsmodell vorstellen?«

Mickel runzelte die Stirn. »Wie meinen Sie das?«

»Naja, Spieler lieben sowohl die Herausforderung als auch Belohnungen. Was halten Sie von der Idee, dass jeder Sack Müll mit Punkten belohnt wird, die man sich als echtes Geld auszahlen lassen kann?«, sagte Kiki.

»Aber wie soll das funktionieren? Meine finanziellen Mittel...«

»Oh, nein, nicht Sie sollen das bezahlen, sondern das Ganze kann entweder über Werbung finanziert werden oder über eine Kooperation mit großen Firmen, die sich gerne ein umweltbewusstes Image verpassen wollen, ohne allzu viel dafür zu tun.«

»Ok, und das können Sie umsetzen?« Mickel schien interessiert, aber noch nicht überzeugt.

»Ich kann den technischen Teil umsetzen, und für den Rest habe ich in meinem Kreis eine sehr versierte junge Frau, die Sie dabei unterstützen kann. Ich denke, dass wir da zwei Fliegen mit einer Klappe schlagen und das ist immer eine gute Voraussetzung für den Erfolg eines digitalen Angebots. Man könnte die Sache sogar noch öffnen. Nutzer können online virtuell Müllsäcke kaufen und das Geld wird dann an die ausgeschüttet, die den Müll einsammeln. So kaufen sich die einen ein gutes Gewissen, die anderen verdienen sich etwas. Mit dem richtigen Marketing kann das funktionieren.«

In Mickels Augen trat ein Leuchten. »Großartig«, sagte er. »Sie haben mich überzeugt. Lassen Sie uns loslegen!«

Beflügelt von diesem Erfolg fuhr Kiki nach Hause. In ihrem Kopf hatte sie sich bereits ein paar Ideen für die App zurechtgelegt. Die Grafiken konnte sie nicht selbst erstellen, aber dafür gab es genügend Dienstleister. Sie würde sich nach einem in der Nähe umsehen, weil trotz aller digitaler Möglichkeiten das reale Gespräch eben doch durch nichts zu ersetzen war, vor allem bei echtem Teamwork.

Zu Hause traf sie Oma Gisela an, die im Schlafzimmer vor ihrem Bett stand. Darauf ausgebreitet lagen zahlreiche leichte, bunte Kleider, ein Kostüm aus beigem Leinen und ein Strohhut.

»Ich sehe, Ihr wart einkaufen?«, sagte Kiki. »Heißt das, du fliegst nach Hawaii?«

Gisela runzelte die Stirn. »Fritz hat ein Gästezimmer. Ich meine, ich möchte ja nicht den falschen Eindruck erwecken. So eine bin ich nämlich nicht, Kiki.«

»Das weiß ich doch, Oma. Aber ich finde es durchaus ok, wenn man mal über die Stränge schlägt. Wann, wenn nicht in deinem Alter? Wenn ich mal so alt bin wie du, dann liege ich den ganzen Tag in einer Hängematte am Strand und lasse mir Cocktails reichen. Vielleicht ja in Hawaii!«

Gisela lachte. »Du bist mir ja eine, Kiki. Du würdest doch ohne deine Arbeit gar nicht glücklich sein, so gut kenne ich dich.«

Kiki legte den Kopf schief. »Kann sein. Aber unter Palmen macht auch meine Arbeit noch einmal mehr Spaß.«

Sie zwinkerte ihrer Oma zu und ging wieder nach unten. Mit einigen Wochen Abstand stand ihr nächste Termin in der Stadtverwaltung bevor, auf den sie sich noch vorbereiten musste. Irgendwie hatte sie kein gutes Gefühl bei der Sache. Ob die Mitarbeiter ihre Vorschläge auch umgesetzt hatte? Bisher hatte sie von keinem ein Feedback oder auch nur eine Rückmeldung erhalten, auch nicht von der hauseigenen IT. Ob das ein gutes Zeichen war?

»Ich muss mir meine Aufträge in Zukunft besser aussuchen«, sagte Kiki und klappte ihren Laptop auf. Tatsächlich gefielen ihr Herausforderungen dieser Art ja eigentlich. Sie mochte es, als eine Art Botschafterin der Digitalisierung aufzutreten, vielleicht auch, weil sie als

Frau andere Zielgruppen erreichte oder eine andere Herangehensweise hatte. Doch der hartnäckige Widerstand der Mitarbeiter in der Stadtverwaltung ermüdete sie. Ihr ging es dabei nicht um die digitalen Lösungen an sich, sondern darum, die Menschen fit für die digitale Zukunft zu machen. Immerhin würde in ein paar Jahren jeder zweite Job von einer Künstlichen Intelligenz oder einem Algorithmus erledigt werden können. Wenn die Menschen nicht verstanden, wie sie auf der Welle der Digitalisierung mitsurften, dann wurden sie vielleicht von ihr mitgerissen und davon gespült. Kiki wollte ihren Teil dazu beitragen, dass das nicht geschah, immerhin sollte die Digitalisierung den Menschen das Leben erleichtern und nicht verkomplizieren. Niemand konnte sich so recht vorstellen, wie die Zukunft in zehn oder 20 Jahren aussah. Möglicherweise waren dann selbstfahrende Autos und Haushaltsroboter längst Normalität.

Kikis Blick wanderte zu ihrem Handy. In den letzten Wochen hatte sie immer seltener an Kai gedacht, doch ganz aus ihren Gedanken verschwunden war er nicht. Immer wieder hatte sie mit dem Gedanken gespielt, ihn einfach anzurufen, es dann aber doch nicht getan. Sie verspürte nur wenig Lust, eine erneute Abfuhr zu erhalten, auch wenn sie sich inzwischen sicher war, dass Kais sonderbares Verhalten etwas mit dem Video von ihm zu tun hatte, das sie entdeckt hatte. Vermutlich schämte er sich so sehr dafür, dass er nicht mit ihr in Kontakt bleiben konnte.

»Wenn es doch nur für alles eine digitale Lösung per Knopfdruck gäbe«, seufzte Kiki und machte sich an die Arbeit. Ihr musste es gelingen, die Mitarbeiter der Stadtverwaltung von digitalen Lösungen zu überzeugen.

»Bitte berichten Sie mir, welche Erfahrungen Sie mit den Digitalisierungsmaßnahmen in den vergangenen Wochen gemacht haben«, sagte Kiki und blickte sich erwartungsvoll in der Runde um.

»Also, ich muss sagen, diese Cloud, die Sie empfohlen haben, um die Dateien zentral abzulegen, die funktioniert überhaupt nicht. Ich kann da nichts hochladen«, erklärte der Mann mit der starken Brille.

»Ja, mir geht es genauso«, pflichtete ihm die Frau mit dem grauen Zopf bei. »Also, ich komme damit nicht zurecht.«

Kiki stutzte. »Wie geht es den anderen? Welche der Tools konnten sie in der Zwischenzeit nutzen?«

Ein Mann meldete sich zu Wort. »Wie wir Ihnen ja schon erklärt haben, sind wir alle stark mit unserer täglichen Arbeit ausgelastet und haben keine Zeit, uns um so einen Firlefanz zu kümmern.«

»Außerdem hat man uns von der IT gesagt, dass das Ganze aus datenschutzrechtlichen Gründen gar nicht so einfach zu nutzen ist. Auch der Personalrat hat da noch ein Wörtchen mitzureden, immerhin kann man anhand der Anmeldung sehr genau nachvollziehen, wer wie viel arbeitet und das geht nicht«, erklärte ein Mann mit einer abgewetzten Lederweste.

Kiki sah ihn nachdenklich an. Hatten sich die gleichen Mitarbeiter nicht beim letzten Termin noch ausgiebig darüber beschwert, dass sie zu viel Arbeit hatten? Und jetzt beschwerten sie sich darüber, dass ihnen möglicherweise jemand nachwies, dass sie zu wenig machten. Tatsächlich aber musste für das Problem eine Lösung gefunden werden, denn wenn der Personalrat sich quer stellte, hatte sie keine Chance, sich mit ihren Ideen durchzusetzen.

Doch das war nicht das eigentliche Problem. Anscheinend hatte keine ihrer Bemühungen für die Digitalisierung des Rathauses gefruchtet. Sie musste ihre Strategie ändern, wenn sie hier etwas bewirken wollte.

»Ok, ich schlage vor, wir machen eine kurze Pause. Es ist halb zehn, sicher möchten einige von Ihnen ihre Frühstückspause genießen.«

Die Teilnehmer erhoben sich und begannen, durcheinander zu reden, während sie den Raum verließen. Kiki blieb zurück und starrte auf die

Präsentation, die sie heute vorbereitet hatte. Eigentlich sollte das Thema heute die Vorstellung zentraler Themen der Digitalisierung wie KI, Deep Learning, Algorithmen und Ähnlichem sein, damit die Mitarbeiter eine konkrete Vorstellung von dem bekamen, in welchem Ausmaß die Digitalisierung in den kommenden Jahren das Alltagsleben aller verändern würde, doch diesen Vortrag konnte sie sich sparen. Hier rannte sie gegen verschlossene Türen an.

Seufzend stand sie auf, klappte ihren Laptop zu und verließ den Konferenzraum. Mit dem Aufzug fuhr sie nach unten und ging aus dem Haupteingang des Rathauses auf den großen Vorplatz, hinter dem eine kleine, parkähnliche Anlage war. Ziellos steuerte Kiki darauf zu. Im Schatten der Bäume herrschte angenehme Kühle. Kiki setzte sich auf eine Bank, streckte die Beine aus und dachte nach.

In der IT kam der Faktor Mensch eben manchmal noch zu kurz. Menschen handelten häufig widersprüchlich, teilweise sogar irrational. Die Veränderungen der Digitalisierung machten ihnen Angst und man musste diese Ängste ernst nehmen, wenn man sie für die Zukunft bereit machen wollte, die unweigerlich bereits vor der Tür stand, auch wenn dem Einzelnen, so wie hier im Rathaus, das noch nicht bewusst war. Kiki grübelte darüber nach, wie es ihr gelingen konnte, den Widerstand der Mitarbeiter zu überwinden und eine gewisse

Bereitschaft für digitale Lösungen zu bewirken.
Immerhin war das der Auftrag, den sie von den
Zuständigen der Stadtverwaltung erhalten hatte. Nur
hatte sie im Moment keine Ahnung, wie sie diesem
gerecht werden sollte. Ihr Handy piepte. Es war eine
Nachricht von Alex.

UNSERE PLATTFORM HAT 150 NEUE
ANMELDUNGEN. LÄUFT!, schrieb sie. Ein Lächeln
stahl sich auf Kikis Gesicht. Nicht alles an diesem Tag
lief schlecht.

»Zeit für eine Planänderung«, sagte sie laut und stand
auf.

»Eigentlich wollte ich heute mit Ihnen über die
Möglichkeiten der Digitalisierung sprechen. Ich wollte
Ihnen von Haushaltsrobotern und selbstfahrenden Autos
erzählen, von vernetzten Straßen und Häusern und
dunklen Fabriken, in denen nur noch die Maschinen
arbeiten. Doch der erste Teil unseres heutigen Seminars
hat mir klar gemacht, dass das nicht der richtige Weg ist.
Ich muss Ihnen verdeutlichen, was Digitalisierung ganz
speziell für Sie bedeutet oder bedeuten kann. Wer von
Ihnen kann mir erklären, was eine KI ist?«

Auf den Gesichtern der Teilnehmer zeigten sich große
Fragezeichen.

»Ein Film?«, fragte der Mann mit der Lederweste. Alle lachten.

Auch Kiki lachte kurz auf. »Richtig, aber das ist nicht die Definition. KI ist die Kurzform für Künstliche Intelligenz. Können Sie sich darunter etwas vorstellen?«

Der Mann mit den dicken Brillengläsern meldete sich. »Ein Roboter?«

»Nicht unbedingt, auch wenn die meisten Roboter inzwischen von KIs gelenkt werden. KI ist das Thema der Zukunft. Künstliche Intelligenz bedeutet, dass ein Programm sich selbstlernend Fähigkeiten aneignet, in dem es Daten sammelt. Ein Beispiel: Wenn eine KI lernen soll, wie man ein Buch schreibt, dann muss man sie dazu mit möglichst vielen Daten über Bücher füttern. Man muss ihr erklären, was ein Krimi ist, ein Protagonist, ein Dialog. Je mehr Daten man einer KI zur Verfügung stellt, umso besser kann sie Dinge lösen oder erstellen.«

»Denken Sie also wirklich, dass Bücher in Zukunft von Computern selbst geschrieben werden?«, fragte der Mann mit der Brille. Wieder war verhaltenes Lachen zu hören.

»Tatsächlich geschieht das bereits. Noch ist die KI nicht in der Lage, so gut zu schreiben, wie es ein menschlicher Autor kann, doch sie lernt täglich dazu. KIs können schon heute einfache Texte, etwa für Rechtsanwälte oder Ärzte selbstständig verfassen. Es ist nur noch eine Frage der Zeit, bis sie das auch für komplexere Zusammenhänge, etwa Texte im Internet und auch Bücher können.«

»Wer will das schon lesen?«, fragte die Grauhaarige naserümpfend.

»Sie sprechen einen wichtigen Punkt an«, sagte Kiki. »KIs lernen schneller, als wir es je können und sie werden jeden Tag besser. Doch sie können nur die Daten verwerten, die bereits existieren. Lassen Sie mich es so formulieren: Jede wiederholbare Tätigkeit wie eine Bankbuchung oder ein Autokauf werden in Zukunft von KIs übernommen. Schon jetzt begegnen wir KIs überall. Sie antworten uns in Service-Chats, einige haben sogar schon eigene Profile auf Social Media Kanälen. Sie sind schneller, besser und zuverlässiger als menschliche Arbeitnehmer je sein können.«

»Möchten Sie uns jetzt erklären, dass in ein paar Jahren so ein künstliches Ding unsere Arbeit macht?«, fragte der Mann in der Lederweste und hob belustigt eine Augenbraue.

Kiki blickte ihn ungerührt an. »Genau das möchte ich sagen. Und das zwar eher morgen als übermorgen. Nehmen Sie das Beispiel Estland. Dort läuft die komplette Bürgerverwaltung von der Ausweisbeantragung bis zur Steuererklärung vollständig digital.«

Sie ließ diese Sätze einen Moment wirken. »Nun fragen Sie sich, ob das den klassischen Verwaltungsbeamten überflüssig gemacht hat und die Antwort ist: Ja. Beamte, die vorgefertigte Bescheide verschicken oder immer gleiche Aufgaben erledigen, gibt es dort nicht mehr.«

Aufgeregtes Stimmengewirr erhob sich. Alle redeten durcheinander. Kiki las Verwirrung, aber auch so etwas wie Angst in den Augen einiger. Sehr gut, genau diesen Effekt hatte sie erzielen müssen.

»Was es aber nach wie vor gibt«, sagte sie laut, um sich in dem allgemeinen Lärm Gehör zu verschaffen, »sind Mitarbeiter, die die digitalen Anwendungen mit Daten versorgen, Entscheidungen treffen und für den Dialog zuständig sind. Und genau da liegen Ihre Stärken. Niemand kennt die Abläufe in der Stadtverwaltung so gut wie Sie. Noch dazu sind diese keineswegs in jeder Stadt gleich, wie ich inzwischen gelernt habe. Sie sind die Experten, die den KIs in Zukunft erklären müssen, wie diese Ihren Job machen. Lassen Sie es mich drastisch ausdrücken: Wenn Sie nicht lernen, wie digitale Anwendungen Ihren Arbeitsalltag erleichtern und diese anwenden, dann werden Sie bei einer der nächsten Digitalisierungswellen überflüssig gemacht.«

Wieder brach Lärm aus, diesmal deutlich lauter und aufgeregter.

»So ein Schwachsinn«, empörte sich der Mann mit den dicken Brillengläsern. »Wie soll das denn gehen? Kein Roboter kann wie ich die Protokolle ganzer Sitzungen abtippen und die Stimmen zählen. Das wäre überhaupt nicht legal.«

Kiki grinste. »Stimmt. Denn egal, was KIs in der Zukunft können, sie werden den Faktor Mensch nie ersetzen können. Denn Menschen können etwas, das Programme nie können werden. Sie können komplexe Verbindungen zwischen Inhalten ziehen, die auf ersten Blick nicht miteinander in Verbindung stehen. Die KI kann, wenn auch in großen Maße, letztlich nur das machen, was man ihr beibringt. Außerdem kann ihr Lernen durchaus fehlerbehaftet sein. Vor einigen Jahren brachte jemand eine KI auf den Weg, die ein Profil in einem bekannten Kurznachrichtendienst hatte. Sie sollte von anderen Nutzern lernen, wie man ihn nutzt und eigene Inhalte erstellen. Das Problem: Die KI lernte auch von sogenannten Trollen, Leuten, die böse Kommentare schreiben und gar nicht an einem echten Austausch interessiert sind. Das Ergebnis: Binnen weniger Tage hatte sich die KI in einen rassistischen, frauenfeindlichen und wenig freundlichen Nutzer verwandelt und musste vom Netz genommen werden. Sie sehen also, dass KIs immer die Betreuung durch echte Menschen brauchen werden. Mehr noch: KIs können nie zu wirklichen Schöpfern werden, denn sie kombinieren und verwenden nur die Daten und Modelle, die bereits existieren. Wenn es etwa darum geht, eine völlig neue Art der Stadtplanung zu realisieren, dann kann das nur ein Mensch, denn nur er hat das, was der KI fehlt: Ihr Vorstellungsvermögen. Doch dazu ist es notwendig, dass er sich nicht nur als digitaler Anwender versteht, sondern auch als Schöpfer.«

»Aha«, brummte der Mann in der Lederweste. »Also sollen wir jetzt alle anfangen, Programme zu schreiben. Ohne mich!«

Die anderen nickten zustimmend.

Kiki unterdrückte nur mit Mühe den Impuls, mit den Augen zu rollen. »Wir spielen jetzt ein Spiel, bei dem wir Ihre Vorstellungskraft brauchen. Jeder von Ihnen notiert jetzt in ein paar Sätzen, wie eine KI seine Arbeit erleichtern könnte. Lassen Sie sich dabei nicht von dem leiten, was heute schon möglich ist, sondern benutzen Sie Ihr ganzes Vorstellungsvermögen. Nichts ist unmöglich. Ich bin gespannt auf Ihre Ideen.«

»Also? Zu welchen Ergebnissen sind Sie gekommen?«, fragte Kiki eine Dreiviertelstunde später. Sie hatte beobachtet, dass alle Teilnehmer etwas auf ihre Zettel notiert hatten.

»Wer möchte anfangen?«

Niemand meldete sich, nur nervöses Räuspern und Hüsteln war zu hören.

»Nur keine falsche Scham, es gibt bei dieser Übung kein richtig oder falsch. Mir geht es darum, Sie und Ihre Arbeitswelt besser kennen zu lernen. Helfen Sie mir, zu verstehen, welche digitalen Lösungen Ihnen helfen könnten.«

Zögerlich reckte der Mann mit den dicken Brillengläsern die Hand.

»Ja?«

»Also, tatsächlich würde es mir helfen, wenn es eine Anwendung gäbe, die mir Texte zuverlässiger vorliest. Gerade die komplizierten Rechtstexte oder Protokolle können bisher von den üblichen Softwares nicht gut vorgelesen werden. Auch müsste sie mir meine eigenen Texte zuverlässig vorlesen beziehungsweise das, was ich einspreche, schon im richtigen Format in die Masken eingeben. Das würde mir sehr viel Arbeit ersparen. Ich bin ständig mit meiner Arbeit im Rückstand und das fühlt sich nicht gut an.«

»Großartig«, lobte Kiki. »Sie haben gerade einen vorbildlichen Anwendungsfall für eine KI beschrieben. Weitere Ideen?«

Die grauhaarige Frau hob die Hand. »Ich arbeite im Straßenverkehrsamt. Jeden Tag müssen wir die Daten von hunderten von Führerscheinen mit der Hand eintippen. Es wäre einfacher, wenn man die Führerscheine einfach scannen könnte und die Informationen tauchen automatisch in der Maske auf. Dann könnten wir sehr viel mehr Kunden bedienen als jetzt, weil es Zeit spart. Außerdem müssen wir die Papiere für neue Schilder jedes Mal selbst zu der Ausgabestelle bringen, das bedeutet, dass wir viele Male pro Stunde aufstehen und hin und her laufen.«

»Ok, und welche Lösung stellen Sie sich vor? Lassen Sie uns an Ihren Ideen teilhaben.«

»Ein Roboter, der die fertigen Unterlagen einsammelt und zur Ausgabestelle bringt«, sagte die Frau und wurde dabei ein wenig rot.

Kiki lächelte. Sollte es ihr etwa doch noch gelingen, die Mitarbeiter der Stadtverwaltung für die Digitalisierung zu begeistern?

»Frau Liebert?«

Kiki sah auf. Vor ihr stand der Mann mit den dicken Brillengläsern.

»Ja?«

»Ich möchte mich bei Ihnen bedanken. Wissen Sie, hier im Hause wiehert der Amtsschimmel manchmal schon sehr laut. Ich habe mir schon oft gewünscht, dass wir eine bessere Technik haben. Durch meine Einschränkung gelte ich als schwerbehindert, leider gibt es bislang für mich keine guten Lösungen, die meinen Arbeitsalltag erleichtern, dabei mache ich meinen Job sehr gerne. Sie haben mir den Mut gegeben, dass solche Lösungen in naher Zukunft existieren und dass mein Arbeitsplatz dadurch nicht überflüssig wird.«

»Im Gegenteil!«, sagte Kiki. »Alle Zukunftsforscher sagen, dass in Zukunft noch mehr Menschen in Städten leben werden. Das verändert die Anforderungen für eine Stadtverwaltung. Wer, wenn nicht Sie und Ihre Kollegen, könnten dafür sorgen, dass digitale Anwendungen den Kontakt zwischen Verwaltung und Bürgern optimieren?«

Der Mann lächelte und verabschiedete sich.

Kiki blieb allein in dem Konferenzsaal stehen. Draußen, weit im Westen, versank die Sonne und tauchte die Frankfurter Skyline in rötliches Licht. Wie schön wäre es, diesen anstrengenden und doch erfolgreichen Tag bei einem Glas Wein und einem guten Gespräch ausklingen zu lassen?

Kiki biss sich auf die Unterlippe. Ob sie es doch wagen und Kai nach einem Treffen fragen sollte? Kurzentschlossen zog sie ihr Handy aus der Tasche und tippte eine Nachricht.

HALLO, KAI. HAST DU LUST AUF EIN GLAS WEIN IN DER INNENSTADT? ICH WÜRDE GERNE ETWAS MIT DIR BESPRECHEN.

Sie zögerte kurz, dann drückte sie auf »Senden«.

»Puh«, machte sie und stellte fest, dass ihr Herz ein wenig schneller schlug. Doch was hatte sie schon zu verlieren? Schlimmstenfalls erhielt sie keine Antwort.

Ihre Befürchtungen erwiesen sich als unbegründet. Keine Minute verging, bis ein »Pling« das Eintreffen einer Textnachricht verkündete.

GERNE. 18 UHR UNTEN AM MAIN, IN HÖHE DER KENNEDYBRÜCKE. ICH BRINGE WEIN MIT.

Ein Lächeln stahl sich auf Kikis Gesicht und wurde immer breiter. Versonnen schnappte sie sich ihren Laptop und ihre Tasche und machte sich daran, das Rathaus zu verlassen.

Keine halbe Stunde später lief sie zwischen den vielen Menschen am Mainufer herum und hielt nach Kai Ausschau. Es war einer der letzten warmen Tage des Sommers und die Menschen nutzten die Gelegenheit, um sich mit Decken entlang des Mains auszubreiten, Apfelwein zu trinken und sich zu unterhalten. Musik war zu hören, ein Brezelverkäufer pries seine Ware an.

»Da bist du ja«, sagte Kai plötzlich. Er stand vor ihr, lässige Shorts, ein T-Shirt, das Haar unter einer Basecap verborgen. Er schien sich ehrlich zu freuen, sie zu sehen, was Kiki verwirrte. War er nicht derjenige gewesen, der den Kontakt zwischen Ihnen abgebrochen hatte. Was sollte sie davon halten.

»Hi«, brachte sie hervor und spürte, dass sie rot anlief. Was war denn nur mit ihr los? So hatte sie sich seit ihrer Teenie-Zeit nicht mehr gefühlt. »Wollen wir uns hinsetzen?«

Kai hatte eine Decke mitgebracht, auf der sie sich niederließen. Kai packte zwei Plastikbecher aus und schenkte ihnen kalten Weißwein ein, der herrlich sauer und fruchtig schmeckte. Eine Weile saßen sie schweigend nebeneinander und genossen den Sonnenuntergang.

»Also, du wolltest mit mir über etwas sprechen?«, brach Kai das Schweigen. »Das trifft sich gut, denn ich denke, ich muss dir auch einiges erklären.«

»Ok«, sagte Kiki und sah ihn erwartungsvoll an. »Du zuerst.«

»Du hast dich sicher gewundert, warum ich mich bei unserem letzten Treffen so seltsam verhalten habe. Du musst wissen, dass ich eine Reihe von schlechten Erfahrungen mit Frauen gemacht habe. Wann immer ich eine Frau kennenlernte und die Sache wurde etwas ernster...« Kai brach ab und wich ihrem Blick aus.

Kiki konnte spüren, wie schwer es ihm fiel, über das Thema zu reden. Dennoch freute es sie, dass er offensichtlich auch das Bedürfnis gehabt hatte, die Sache zwischen ihnen klar zu stellen. Das bedeutete, dass auch sie ihm irgendwie wichtig war.

»Kai, ich weiß von dem Video«, sagte Kiki.

Kai erbleichte. Sie konnte sehen, wie seine Unterlippe zu zittern begann, dann zog er sie zwischen seine Zähne und kaute auf ihr herum.

»Du weißt es?«

»Ja, ich habe das Video im Netz gefunden. Genau darüber wollte ich mit dir reden. Ich kann mir vorstellen, wie belastend das für dich ist.«

Kais Züge verkrampften sich. Er machte einen gequälten bis verärgerten Eindruck.

»Keine Sorge, Kai. Das Video verändert in keiner Weise, wie ich dich sehe oder zu dir stehe. Ich finde dich noch immer so interessant und atemberaubend wie am Anfang.« Kiki senkte ihren Kopf. Hatte sie das gerade wirklich gesagt?

»Meinst du das ehrlich?«, fragte Kai. Seine Stimme klang rau und zugleich weich. Seine Hand wanderte über die Decke zu Kiki. »Ich hatte solche Angst, es dir zu sagen, und als ich dann erfahren habe, dass du mit Computern und so zu tun hast, da wusste ich, dass es nur eine Frage der Zeit ist, bis du es herausfindest und vor dieser Enttäuschung wollte ich mich beschützen. Bisher hat jede Frau, die das Video gesehen hat, den Kontakt mit mir abgebrochen. Ich kann nur froh sein, dass ich schon so lange bei meinem Arbeitgeber und inzwischen unkündbar bin. Müsste ich mich irgendwo bewerben, hätte ich verloren. Wann immer man im Netz nach mir sucht, taucht dieses Video auf und zerstört alles.«

Er sog die Luft durch die Lippen ein. »Da macht man einmal einen Fehler und der verfolgt einen ein Leben lang. Und das alles nur wegen des verdammten Internets.«

»Kai«, sagte Kiki und legte ihre Hand auf seinen Arm. »Genau darüber wollte ich mit dir reden. Das Video erscheint zwar prominent in den Suchergebnissen, aber nur, weil es so ziemlich das Einzige ist, was man im Netz über dich findet. Ich möchte dir gerne zwei Maßnahmen vorschlagen, die dafür sorgen, dass du dir über das Video keine Gedanken mehr machen musst. Zum einen hat jeder Nutzer das Recht auf Vergessen, das heißt, Plattformen müssen Inhalte löschen, auf denen der Nutzer zu sehen ist, wenn dieser das möchte. Zum anderen kursiert im Netz nur dieser eine Link des Videos. Wenn das Video dort gelöscht wird, dann werden auch nach und nach die Verweise in den Suchmaschinen verschwinden.«

Kai sah sie zweifelnd an. »Aber das kann dauern. Und wenn jemand sucht, dann wird er das Video immer noch finden. Mir ist das so peinlich!«

»Kai, wir waren alle mal jung und wir haben alle mal Blödsinn gemacht. Wir hatten nur das Glück, dabei nicht gefilmt zu werden. Aber auch für die Sucheinträge gibt es eine Lösung. Suchmaschinen sind hungrig nach neuen, interessanten Inhalten. Dein Video ist uralt, wen interessiert das heute noch? Wir erstellen einfach viele neue Inhalte, eine Website, Profile auf sozialen Netzwerken und fluten die Suchmaschinen mit neuen Einträgen zu deiner Person. Dann rutscht das Video automatisch nach hinten und irgendwann ist es ganz verschwunden. Du wirst sehen.«

Kai blickte sie ungläubig an. »Und das funktioniert wirklich?«

Kiki nickte. »Garantiert. Denkst du, du bist der einzige Mensch auf der Welt, dem das passiert ist? Wenn du möchtest, dann zeige ich dir, wie du den Antrag auf Löschen bei der Plattform und den Suchmaschinen stellst, dann werden die Ergebnisse zum Video automatisch ausgeblendet. Und mit den anderen Inhalten helfe ich dir auch. Die müssen nur oft genug geklickt werden und ich kenne jemanden, der uns genau dabei helfen kann.«

Kais Gesicht hellte sich auf. »Kiki, du bist ja der absolute Wahnsinn«, sagte er und streichelte aufgeregt ihre Hand.

Kiki lächelte. Ihr Herz pochte wie wild. Kai und sie sahen sich tief in die Augen. Dann beugte sich Kai zu ihr herüber und küsste sie, innig und leidenschaftlich.

»Ich lasse dich nie mehr los, Kiki Liebert«, flüsterte er ihr in das Ohr.

»Ich dich auch nicht, Kai Störnerberg«, antwortete Kiki und erwiderte seinen Kuss. Für einen Moment verschwanden die vielen Menschen und sogar die abendliche Frankfurter Skyline um sie herum und es gab nur noch Kai und sie auf der Welt.

»Oma? Oma! Ich bin zu Hause!«, rief Kiki, als sie am nächsten Morgen die Haustür aufschloss. Ihr Gesicht war noch immer gerötet, ihr Haar zerzaust und ihre Lippen ein wenig wundgeküsst. Hinter ihr lag eine wunderbare Nacht mit Kai. Bis in die Morgenstunden hatten sie wachgelegen, geredet, sich geküsst. Nie zuvor hatte sie sich in den Armen eines Mannes so wohl gefühlt wie bei Kai.

»Im Schlafzimmer!«, rief Oma Gisela.

Kiki ging die Treppen nach oben. Oma Gisela stand in ihrem neuen, zitronengelben Kleid vor dem Spiegel, den Strohhut auf dem Kopf. Neben ihr stand ein gepackter Koffer.

»Möchtest du verreisen?«, fragte Kiki erstaunt.

»Mein Flug geht heute um 14:00 Uhr. Ich fliege nach Hawaii!«, rief Gisela und schleuderte ausgelassen ihren Strohhut auf das Bett. »Dem Internet sei Dank!«

MIX

Papier | Fördert
gute Waldnutzung

FSC® C083411

Zeitfracht Medien GmbH
Ferdinand-Jühlke-Straße 7
99095 Erfurt, Deutschland
produktsicherheit@kolibri360.de